中国当代文学名家精品集

远古的回响

王剑冰 著

成都地图出版社
CHENGDU DITU CHUBANSHE

图书在版编目（CIP）数据

远古的回响 / 王剑冰著. -- 成都：成都地图出版社有限公司, 2025.3. -- (中国当代文学名家精品集).
ISBN 978-7-5557-2630-2

Ⅰ. I267

中国国家版本馆 CIP 数据核字第 2024V9Z132 号

中国当代文学名家精品集：远古的回响
ZHONGGUO DANGDAI WENXUE MINGJIA JINGPIN JI: YUANGU DE HUIXIANG

著　　　者：王剑冰
责任编辑：陈　红
特约编辑：胡玉枝
封面设计：李　超

出版发行：成都地图出版社有限公司
地　　址：四川省成都市龙泉驿区建设路 2 号
邮政编码：610100

印　　刷：三河市人民印务有限公司
（如发现印装质量问题，影响阅读，请与印刷厂商联系调换）

开　　本：710mm×1000mm　1/16
印　　张：13　　　　　　　　字　数：200 千字
版　　次：2025 年 3 月第 1 版
印　　次：2025 年 3 月第 1 次印刷
书　　号：ISBN 978-7-5557-2630-2

定　　价：68.00 元

版权所有，翻印必究

《中国当代文学名家精品集》
编 委 会

主 编 王子君

副主编 沈俊峰　陈　晨

编 委（按姓氏音序排列）

　　　　陈长吟　陈　晨　韩小蕙　李青松

　　　　聂虹影　孙　郁　沈俊峰　王必胜

　　　　王子君　徐　迅　朱　鸿

出版说明

2023年春，教育部等八部门印发《全国青少年学生读书行动实施方案》。随后，122家国家语言文字推广基地共同发出"典耀中华"主题读书行动倡议。一些具有文化情怀的出版社和文化公司，立即响应，策划各种适合青少年阅读的图书，《中国当代文学名家精品集》书系应运而生。

《中国当代文学名家精品集》书系由北京世图文轩文化发展有限公司（下称"世图文轩"）策划，由成都地图出版社出版。我非常荣幸地受邀担任主编。

世图文轩成立于2010年，系北京市内乃至全国较有影响力的图书发行公司之一，曾获得"重合同守信用企业""诚信经营示范单位"等荣誉称号。长期以来，世图文轩和众多出版社就优质图书出版进行合作，获得了合作伙伴的一致好评。在"典耀中华"主题读书行动中，他们敏锐地抓住机遇，迅速策划主要以初、高中生为读者对象的大型书系选题，显现出他们的眼光、魄力与胸怀，以及对于文化市场的拓展理想。我相信，这样一家致力于图书策划、出版的公司，其品牌信誉是毋庸置疑的。

为成长中的青少年读者集中呈现名家优秀作品，是一件虽然困难，却功在当代、利在未来的大好事，我能参与其中，与有荣焉。我必须以一种高度的使命感、责任感以及担当精神来做好这个书系，成就这件大好事。

令人特别感动的是，刚开始组稿时，刘成章、王宗仁、陈慧瑛、韩小蕙、王剑冰、李青松、沈念等老师就对这个书系表现出极大的支持和信任，并在第一时间提供了书稿以示鼓励。很快，几乎所有得知此书系的作家都认为这是在为作家、为"典耀中华"主题读书行动做一件好事、大事。由此，我和我的临时编辑室成员获得了极大的信心，热情也更加高涨，此后连续十个月，我们整个身心都扑在了这件事上。

一个人只要用心做事，人们是会感受到的，也会默默地予以支持。事实上也是如此。随着组稿工作的开展，我们和作家们的沟通日益频繁，我们发现，他们除了都表现出对这个书系的兴趣与认可，对当代散文创作的发展、繁荣的前景，还有一种共同的期待与信心。这对我们无疑是一种更为巨大的鼓舞与动力。

组稿虽然也费了不少周折，但总体上比想象中顺利得多。当然，非常遗憾的是，一部分作者由于手头书稿版权等原因，未能加盟到这个书系。

组稿只是我们工作的一部分，更为具体、更为烦琐的，是审稿事务，它出乎意料的繁重，也占据了我们比预想的多得多的时间和精力。偶尔，我们也有点儿想放弃了，但是，想着这是一件功德无量的事，又兀自笑笑，继续埋头苦干。在这个过程中，感谢师友们对我们工作的配合、理解、支持与信任。

静下心来，切实感受审读、编辑工作的价值和意义。

书系里，名家荟萃，佳作如林。有的，曾代表过一种新的创作范式；有的，曾开启过一种创作方向；有的，对某一题材开掘出更深更独特的思想；有的，有引领某类题材与风格的新面貌；等等。毫不夸张地说，散文多角度多样式的表达，在这个书系里应有尽有，全景式、全方位地呈现出中国散文几十年的创作成果，是当代散文创作的一个缩影。

总体上，无论是题材、创作方法，还是思想容量，此书系都呈现了散文广阔的视野，让我们感受到散文天地的无垠无际。

具体来说，以下几个特点特别明显：

一、作者队伍可谓老中青完美结合。入选作者的年龄跨度最大达半个多世纪，上有鲐背之年的高龄名将，他们文学生命之树长青，宝刀不老，象征着老一辈散文家依然苍翠的文学生命力；最年轻的三十出头，他们雏凤声高，彰显散文创作的新生力量蓬勃兴旺的景象；一大批中壮年作家，是当代散文创作领域里当之无愧的中坚基石，他们的创作正处于繁花似锦的鼎盛时期，实力毕现。

二、题材多元多样，内容丰富多彩。书系中，既有涉及上下五千年历史的洒脱智慧的历史文化散文，又有让人惊艳的初次涉猎的新颖、独特题材。有人写亲情，有人写风景。有些人写自己的童年，让我们看到其成长时代；有些人写一个城市或一条河流的前世今生；有些人写自己对故乡的记忆，从更有新意的视角表现这个时代的巨变；有些人集中了自己几十年的写作精品，让我们看到他们的创作道路上的足迹；有些人专注于一个主题，开掘深挖，独具魅力；有些人关注时代、关注身边的人和事；有些人剖析自己的内心情感……总之，反映中华传统文化、红色文化和当代自然文学精粹的作品，在此书系里比比皆是，或温暖动人，或鼓舞人心。

三、风格百花齐放，个性特点鲜明。几十部作品，有的侧重写实，有的侧重抒情，有的注重开掘思想，有的追求内容唯美，有的描写细致入微，有的叙述天马行空……表现方式千姿百态。但无论哪种风格，无论如何表达，皆个性鲜明，情感饱满，呈现出思想性、艺术性、可读性兼备的特质，读者可以从中获得不同程度的启发，感受到散文的魅力。

四、女性作者跳出了人们对"女性散文"固有的观念。书系中占有一定比例的女性作者，她们的作品虽然仍保留细腻敏感的特色，但大都呈现出大气开阔、通透有力的格局。她们温柔而现代的行文表达，对读者来说有着更为别致的情感体验和人生借鉴意义。

总之，这个书系，将是我们打造阅读品牌的开端。如果你愿意静下心来阅读，你一定会有所收获。

习近平总书记在文艺工作座谈会上讲话时指出："优秀文艺作品反映着一个国家、一个民族的文化创造能力和水平。吸引、引导、启迪人们必须有好的作品，推动中华文化走出去也必须有好的作品。"我们希望，这个书系能成为读者眼里"正能量、有感染力，能够温润心灵、启迪心智，传得开、留得下，为人民群众所喜爱"的"优秀作品"。

在此，特别感谢沈俊峰、陈晨两位搭档的通力协作，我的编辑朋友梁芳、胡玉枝的倾力相助，以及世图文轩、成都地图出版社上上下下推进此书系出版的所有领导与师友的大力支持和耐心细致的工作。他们让我感受到了团队的力量。同时，也特别感谢出版方将我和我的搭档的作品纳入此书系，我们把此举视为对我们的"嘉奖"。

上述文字，不敢称"序"，不敢称"前言"，甚至不敢称"出版说明"，仅表达此书系的缘起和一些组稿、审读的感受，也许过于肤浅，还望广大作者、读者海涵。

《中国当代文学名家精品集》主编

目录

辑一

远古的回响 / 3

大河壶口 / 8

济水之源 / 12

山高水长 / 16

黑河行吟 / 20

小鸟新天堂 / 27

一条河的走向 / 31

等闲识得东风面 / 36

赤水河畔 / 41

辑二

日出泰山 / 47

巴颜喀拉 / 52

太行大峡谷 / 61

苍莽尧山 / 66

火山上的生命 / 70

苍山漾濞 / 74

那牵曳阳光的一缕亮腔 / 80

风动莲花 / 86

天目山高苔水长 / 90

辑三

探寻大江源 / 97

陕北信天游 / 100

青山看不厌，流水趣何长 / 104

老子　函谷关　老鸦岔垴 / 112

漫川关 / 114

有山叫龟峰 / 120

偶遇岱山 / 124

幸福栗子坪 / 132

纯净的寓言 / 135

柿柿如意 / 138

黛眉是座山 / 144

扬州慢 / 147

辑四

荔江之浦 / 157

塘河，江南的一首词 / 161

万里茶道走襄阳 / 165

夕阳·大海 / 169

你家在哪里　我家黄河边 / 173

青岛看海 / 177

澄江一道月分明 / 181

五月秭归 / 184

遇龙河 / 188

颍水旁，黄城冈 / 192

辑一

远古的回响

一

　　天空显得很低，蓝灰色的云连在一起，将这片区域罩上一篷大幕。麦子已经收割，水稻还在绿着，绿色的水稻周围是大豆和玉米。田野的香气浓浓地灌进车厢，那是一股久违的气息。似乎觉得，这种气息里，该有什么事情发生。

　　车子一直向着城外的田野驶去，向着喧嚣之外的静谧驶去。贾湖越来越近了。贾湖，那个曾经掀起拍天巨澜的地方，很长一个时间段，从来都是无声无息。

　　远处传来了雷声，多少年前的闪电，直到今天才落下来，从那片蓝灰色的云层落下来。

　　事实已经告诉我，贾湖这里曾经是多么繁闹，波光潋滟的湖区，有无数的草棚和房屋，有无数做陶、纺织、在田间和水中劳作的男女。

　　看，一些人顺着一条小路，向我们走来，他们要迎接远来的客人吗？我听见了他们的欢笑，听见了他们带有中原厚土的乡音。一阵雷声响起，一切又消失了。只有清脆的笛音荡过原野，原野里飞起那么多美丽的丹顶鹤，它们像是从笛声里飞出来，翩舞在这片叫作舞阳、叫作北舞渡的天地间。

二

　　时光飞逝，江河万古。如果不是一群孩子的琅琅书声，不是一场大雨的叮叮响声，贾湖下面的一切，恐怕还在长睡不醒。而此之前，殷墟、半坡、仰韶、大汶口，一个个惊天动地的发现，将人类文明的曙光照在五千年前后的地平线上。哪里想到，贾湖遗址一出现，就发出了炫天烁地的光芒，那光芒，穿透了八千年的黑暗。

　　事情有些凑巧，在贾湖小学的地方，一些碎片在雨后裸露出来，那是带有某种芬芳的文化气息。一位老师最先感知，其将这种感知带给有关部门，由此揭开了贾湖的神秘面纱。

　　一批批的考古学家光临这块土地，继而有了一级级的保护，有了一次次的挖掘，也有了一声声的惊喜。

　　是的，不要觉得古人离我们很远，远得不是一个同类，其实他们的生命也会出彩，并且是绚丽夺目的光彩。

　　经过考古认定，他们已经会种植水稻，会纺织，会烧制陶器，而且还会在红陶、龟甲、骨器和石器上刻画。那些刻符包含了点、横、竖、撇、捺，笔画顺序也是从左到右、从上到下、从内到外，那是古人对于汉字结构的最初演示。

　　而且还有了酿酒工艺。稻谷存放了一段时间，发现流出的液体很好喝，于是学会了发酵，还知道加上野果和蜂蜜。

　　是的，他们已经懂得享受生活，品味快乐。这之间便有了骨笛，有了音乐和歌声，有了篝火和舞蹈。

　　开始没有人认为这些钻孔的骨头是乐器，远古的人怎么会掌握这种文明？他们或许就是挖几个孔吹着玩。但是考古专家感觉出一种信号，音乐专家接续了这种信号，摸索出一个音符，又一个音符，那些孔洞里，终于飞出了动听的乐曲！

都说铁树开花千年等一回，人们等了几千年，等来的是骨笛花开。

真的想不到，中原还有这样一个所在。类似的所在太多，仰韶、二里头、大河村，一处处先人的居住地，都曾有过类似的生活，但是有哪里出现过骨笛，出现过美丽的曲音呢？

人类文明，是一件件实物创造出来，一件件实物证明出来。岂止是一支骨笛，那是史前的一次惊世骇俗的发明，一次地动山摇的革命。

三

现在这里不再有村舍，不再有校园，只把空间留给了一片静寂，留给了斑驳的时间与光影。

贾湖曾经三面环水，没有水的世界，不可想象。在这片美丽的土地上，金色的稻浪推推赶赶，推赶起男人女人奋力的曲线，推赶起丹顶鹤翻扑的浪漫。

弱肉强食的时代，飞鸟也会进入死亡之谷。他们捡起丹顶鹤的羽翅，把它变作了一支骨笛，变成了死亡之外的另一个故事。

且不要小看这骨笛，它连着人类的意志与智慧，体现出超凡的创造力。在没有任何乐器任何乐理参照的情况下，两孔、五孔、七孔、八孔，每一次实验都是在迷茫中探索，就像在黑暗中寻找黎明。最终是哪一位先人，找到了七孔的美妙？那种美妙一直延续到今天，今天人们还是用七孔笛子演奏。

没有人不喜欢音乐，不接触音乐，不受教于音乐，音乐，是人类从愚昧走向文明的最显著标志。想不到八千年前，竟然有了较为先进的制作技艺，有了精心的校准和调音。

这个发明骨笛的人，应该同落下闳、祖冲之、张衡、李白齐名，事实上，作为音乐家，或者说科学家，他比后者更早，他将人们对于新石器时代先民的简单认知完全打破，他让每一位到来的人发出了不可思议的惊叹。

别以为发掘出的骨笛只是一支，不，足足有四十多支，而且还不是最终数字。你想啊，如果加上瓮缶和木石的打击乐，完全可以组合成一支庞大的乐队。

那么，让我们来看看他们的杰作吧。那么多人睁大或眯起眼睛，凝视着一个方向。女讲解员话音有些颤抖，她经常这样颤抖吗？颤抖中带有明显的激动。

若是后人用竹或木制作的笛子，早会在无情的岁月里灰飞烟灭，只有这些骨质的笛子留存到现在。骨笛的发现，直接改写了中国音乐史，也就是说，其起源时间大致往前提了三千年！

三千年，什么概念，那是一条十分漫长的时光隧道，全世界都认为，那让人们欢快的音乐，是在隧道的这头。哪想三千年时光那端，却早已是笛声清脆，歌声悠扬。

贾湖，究竟埋藏着多少秘密？没有文字，也就没人知道曲名。那或是一曲老版的《离骚》，一曲新颖的《狂想曲》。

我很想透过展柜的玻璃，去摸一摸那晶莹光洁、带有古人指温的骨笛，它似乎仍旧有着灵魂，在述说着一段美妙的过往。关于鹤鸟、关于劳动、关于情理、关于祭祀。它是一段精神的标本，一段永生不灭的闪电。

哪里有声音传来，乐师手中的乐器，就是八千年前的骨笛。那声音似从天际豁然而出，如云开裂帛，在沉郁的大地回旋。那声音纯粹、辽阔，似一泓春光，如一股秋水。

四

每一个民族都有自己的灵魂密码，我们古老的贾湖人，他们早于殷墟，早于半坡，早于大汶口，完全走在了人类文明的前沿。据说他们的身材都很高，女人窈窕，男人豪壮。那时的贾湖一带，真的是"青山有色花含笑，绿水无声鸟作歌"的一派天然。

贾湖人在河中捕捞，在岸边收割，他们炙烤野物，喝着自己酿造的美酒。有人吹起了笛子，男女纷纷起舞。确实，庆祝水稻丰收，庆祝喜雨降临，祭祀上天和神灵，甚至送别一个故去的人，他们都会这样。

笛子和歌舞，是贾湖人最好的依赖，最好的倾诉。他们追求幸福，追求完美。即使是死去，也会抱着满怀的快乐入睡，那支骨笛诠释了一切。或者说，骨笛将他们的向往，他们的自在，呈现在永恒里。

离开的时候，耳畔仍然是雷声激荡，笛音欢鸣。回望中，一缕霞光，乍然从云隙间泻出，打亮那片神圣的谷地。

大河壶口

一

天地相接之处，两山峡谷之间，无边无涯一派炫黄，顷刻间成千万匹野马奔涌而来。

必然是不知道前面有一个巨大的跌落在等待着，坚硬的岩石构筑的峡口，没有办法不面对，没有办法可回避。于是千万匹野马汇成了千万声震雷，千万声震雷炸裂起千万重烟霾。

这是真正的黄河大合唱，一滴滴水的音符构成了这多音部的浑然交响。这是力量的交响，是团结的交响，是奋然永进的交响。在这交响中你会听到马蹄声、号角声、战鼓声、箭镞声、枪炮声、怒吼声。

黄水就这样不停地奔涌，不停地跌落，不停地鸣响，由此构成了一个惊天动地的胜景。

二

我刚刚去过黄河的源头，那个叫玛多的地方，从那里汇出的水流是极细小极清凌的，悠然得像个处子。

而我住的地方，属黄河中下游，宽广散漫，极易决口。

我却在这里见到了大河极狭的景象，那是同他处都不一样的地方。怎么能够收得那么窄小，那么完全，那是一种什么力量？

大河壶口，大河应该有壶口这等奇妙的变奏，壶口也应有大河这样雄浑的衬托。

世上的事情就是这样，大奇方构成大美。

三

我到来的时候黄河在流着，一股股地奔涌，一层层地跌落。转回身我再看，它还是在流着，还是一股股地奔涌，一层层地跌落。

不管我来不来，我在不在，它都在流着。

不知哪来的这样多的水，这么大的力量，推涌着，翻腾着，在壶口震荡起一波又一波的狮吼虎啸。

秋雨季节，河的上游冲过来的什么都有，残破的船，高大的树，大块的山石和死去的兽类，一到壶口，便会瞬间粉身碎骨。

黄河不舍昼夜，千古奔流。壶口昼夜不息，铄石熔金。

四

黄河是一幅画，壶口便是这画中的点睛之笔；黄河是一幅书法，壶口便是这书法中的洒脱之墨。

也许是一种特有的安排，非得让黄河走过陕北这一段，在这里遇到一种挫折，一种艰难，一种意想不到的跌落；在这里激起一种震荡，一种豪放，而后练就一身硬骨，一种性格。

等在前面的是辽阔的中原，还有更加辽阔的大海。

五

  高兴的时候来，会在这里找到快乐的共鸣，会看到浪花笑出一层层的灿烂，那是心底的浪花。

  怀着怎样的悲伤而来，也可以找到苦痛的共鸣，对着浪涛发出自己的呼喊，流出的热泪，所有的浪花都会接纳。

  没有人知道你的秘密，你站在某一个边缘上，大喊大笑，大哭大叫，都任由你去，所有的声音都淹没在那滔天巨吼之中。

  我曾有着多年的忧伤，这种忧伤是母亲远离时带给我心底的划伤。为此多少年都不敢下笔去陈述我的心曲。

  如今站在这波涛之上，我一下子就想起了母亲，那如大河一般宽广深厚的母亲。我把我所有的怀念、所有的回忆、所有的对母亲的爱都投注于这浪涛跌落之中，我觉得这一刻，母亲必然听到了，必然理解了她的孩子这多年的心结。

六

  水浪相交而生的雾霾，在阳光的照射下，散出道道彩虹。近处，到处是浪与浪相撞而翻起的细雨一般的水气，刮到人的脸上、身上，湿漉漉地让人觉出这瀑布的质感。不断有一层一层的人涌上前去，他们都想越发近地亲近壶口。

  一个女孩，把脚伸到了壶口悬崖的边沿。那边沿有些松软的泥巴，她弯下腰去又用手试了试，然后就大胆地站到了最边上。那一刻，她或许感到了极大的满足。风扬起她的长发，水雾撩起她的衣衫，从东边来的阳光正好透视了她的曲线。这是一个青春烂漫的女孩，她的柔弱，她的娇憨，她的青春，同这瀑布的狂放，瀑布的雄壮，瀑布的古老形成了一种衬比。我把这一瞬摄入了永久的镜头。

一对相搀相扶的老者，蹒跚的脚步探试着起伏不平的山岩。来到这壶口边上，他们挎着胳膊，并着肩膀，让狂涛怒吼于胸，让斜风吹乱苍发。我不知道他们从何而来，路上经过怎样的行程。他们站在那里的神态，是那么庄严，又那么豪迈。

他们久久地站立着。他们经历了漫长的童年、青年、中年和老年。经历中必定有着无数的艰难困苦、雨雪风霜，必定体味了无尽的酸甜苦辣。人到暮年，对着这壶口瀑布一定是想明白了，想透彻了。

我向下游走去时，他们依然站在那里，像一尊雕塑。

七

宜川的胸鼓和壶口的斗鼓在壶口边的岩石上击打起来。他们头缠着白羊肚毛巾，挥舞着红绸系着的鼓槌，狂跳着，旋转着，起伏着，同黄河的水浪叠映在一起，显现出陕北的豪迈气概。那黑黑的脸膛，那粗壮的肌肉，那憨厚的笑容，那沙哑的呼喊，和着锣鼓声、波涛声跌入一个又一个漩涡，掀起一个又一个高潮。

看黄河就要来看壶口，看壶口的波涛，看壶口的旋风，看壶口的汉子，看壶口的锣鼓。在这里便可看到一种精神，黄河的、陕北的、民族的精神。

八

真的想，永远站在这里，每时每刻，与这涛声相伴。

济水之源

进济源，那是进了太行、王屋的深处。

不知道前人是骑马还是驾车，我是驾河来的，那河在我心中。河叫济水，曾经与黄河、淮河、长江并流入海的济水。

我翻越黄河，顺着河急急西去。而原来的济水是从黄河的下面穿过，我不知道它如何有这种能力，穿越后便与黄河并流，直到山东还有它宏阔的足迹。济南，那是济水南岸的城市。济阳，于济水之北。济宁，表明着对济水的祈望。济水中同样有大船航行，载了北方的丝绸、山货和南方的陶瓷、海盐，济水两岸的经贸十分繁荣。直到1855年的夏天，黄河一个滚打过来，同另一条母亲河混为一起，这使我再看不到今天的济水。

一个宽敞的院落，一进一进的大殿，无数的石坊碑刻，千年的古柏松林，整个树根做成的大梁，整块石头凿成的怪兽，皇上敕建的碑文亭阁，一切都森严端肃。

我知道皇帝是敬山的，却没想对一条水也如此敬重。唐玄宗封济水为"清源公"，宋徽宗封济水为"清源忠护王"，元仁宗封济水为"清源善济王"。济水地位煊赫。

一般庙宇的后面，或有一个墓园，济渎庙后却是一方水，一方至今仍在涌动的源泉。泉眼趵突，这里那里，一水的花。与泉一墙之隔，还有泉池，成了百姓的天地。一群孩子在里面戏水，村姑在周围浣衣，把水诠释得具体而真实。泉涌得急，被人在上面压了一扇磨，泉从磨眼里喷，从磨四周挤溅，磨成了雨花石。又有人用了水泥钢筋，仍是封不住。

还有万泉寨，离济渎庙很近，延庆寺那里也是源头，到了济源，就是进入了一个泉林。原以为济源无非地名，与水有关也是千年的标本与符号，却没想名副其实。

千万里奔涌的遐想聚焦成眼前的泉流，泉水流去的地上覆了瓦，叫河瓦地。上面种蒜，成了贡品。水通过地下涌洞流向了远方。那个远方，可能是珠河、龙河，可能是蟒河、沁河，或者小清河、大清河。在以前，这些河都是济水嫡系，现在被叫成了黄河的支流。

有人说，黄河对济水河道的挤占是侵略行径，我却以为是二水的融合，是济水团结了黄河。中原人依河而居，河水经常泛滥。既然两条水如此相近又不断相交，何必你争我夺，那就把责任和使命并为一体，至于叫什么不必计较。

济水释放了相隔不远的两条大河的危险性，把水与大地的许多问题简单化了。济水就这样渐渐淡出了历史的视线。实际上，济水一天都没有消失，黄河什么模样，它什么模样。当黄河两岸欢唱丰收的时候，济水或在暗处笑着，济水不说，济源不说。

我想象不到，由济源出发的河古时竟然就叫一个字——水。那般清灵澄澈的水，一路向前，直到温县才在水的前面加上了"济"。水，多么动听的名字啊，住在岸边的人们，会不停地唤着这个名字："去哪里？""看水。"或者："去水上。"话语间诗意盎然。甚至连女孩子也叫成水的名字，水水、水香、水红，脆亮的叫声，传得很远。水使青春靓丽，血脉延续。

任何一条大河的源头，都有着神秘色彩。我到过黄河的源头，那里雪山皑皑，荒野茫茫，济源却是苍翠生生，文化重重。

太行、王屋做济水的照壁，气势可谓宏大，那是盘古开天之地，至今有盘古寺立于山顶。愚公移山的号子响到了现代，并引你走进世界地质公园。五龙口秦时就建有分水工程，与都江堰齐名。有水叫泥沟，至今还在流着，是古轵国所在，豪侠聂政的老家。我仍然看到古城环绕，芳草萋萋，看到芳草中的聂政墓。聂政的性情，同愚公有一比。

水润泽了绝世传奇，《诗经·国风》中的160首诗歌，反映的是济水流域十五邦国的风物与生活，"关关雎鸠"的洲就在不远的雎鸠岛，那是黄河中唯一有人居住的洲。崔莺莺款款从故里走出，过去河就是普救寺。妲己也是在这里出生。不过当地人说得最多的是槐姻村、临仙村，董岭村还有董永坟。黄河最险的八里峡和小浪底也在近处，民谣说，"八里峡大浪到头小浪到底"，小浪底正打造旅游圣地之旅，说"小浪底就是浪漫到底"。由于水好，就出现了以茶为业的茶仙。九里沟，那是卢仝著《茶谱》，吟《七碗茶歌》的地方。济水经流有"竹林七贤"活动地，有孔孟诞生地。

一条河消失了，河的精魂却留下了，潺潺不息。

人们对济源的景仰由来已久，从黄帝始历代皇帝每年都到天坛山祭天，明、清迁都后，因路途遥远，才于地球同一轴线在北京建天坛。沁水公主早早把一个沁园建在这里，园子成了《沁园春》的词牌。来的诗人也多，李白来了就说"山高水长，气象万千"，上阳台诗抄成了国家珍宝。白居易一开口就是"济源好风光"，还有杜甫、高适、刘禹锡、苏轼、韩愈、欧阳修，都是诗圣级人物。李商隐的心神到了这里才不宁起来，以致写出那么多《无题》的怅恨，也说明麻姑庙的尼姑多么清姿绰约，庵旁涌流的泉水叫玉溪，李商隐就叫了玉溪生。乾隆皇帝游玩的地方可谓多，在此也真心称誉是"名山胜迹"。登临山顶，方觉出前人为何不辞艰辛而雅兴齐聚。

王屋山下来，见山谷空地长着一棵树——银杏树，因其蓬勃高大，就觉得只是那一棵树。太阳落下去，黄昏涂了银杏一层的金黄，站在树下，觉得那金黄在响，低头才发现是一眼泉。泉滋润了树的年轮。

济源，不只是一条水的源头，是多重意义的源地。太行山的奇伟，王屋山的雄峨，济水泉的喷涌，将历史、文化、人文、精神聚在这里，这或许就是济源的"济"的真正含义。

山高水长

我喜欢李庄被一江水挽着的姿势。没有这条江,李庄可能不会出现。没有李庄,这段江水或许也不会这么动人。

我的这个想法,不知道有谁想过。倒是有那么个时段,董作宾、李济、梁思成、林徽因、夏鼐、童第周等一帮子文化人常在江边站立,扶着李庄的一棵树或一处栏杆。那如练的江水,会变作一缕思绪,或化为某种灵感。

万重大山深处的李庄,万里长江第一镇的李庄,在抗战最严酷的时刻,悄悄接纳了同济大学、历史语言研究所、营造学社等高等学府和研究机构。不算大的李庄,却提供了无限大的书桌,让不屈的民族文化得以发展。

车子绕了一个来回,走过了,拐回来,才找到一条小路。小路斜斜地下去,让人觉得快要下到江边。

可不就是紧靠江边的所在,却安妥了中国建筑的灵魂。上坝村的这个地方叫月亮田,每天都会有皎洁的月光投进窗户,和着菜油灯的微光,把一张张艺术品般的绘图打亮。

一排的小屋前,是一畦青翠,一棵棵大白菜,扑棱着水灵的翅膀。让人想,多少年前,是否也是这个样子?女主人林徽因在房前屋后,点种下颗颗菜籽,然后在辛苦的研究之余,打点这葱绿的乐趣。梁思成先生也或从写作中抬起头来，望向窗外。而后拿起一件工具，加入进来。

有时他们会相挽着，去往江边，望江水缓缓流过。正是山河破碎风飘絮的时候，江水的对面，很大部分都是芳草萋萋，荒野漫漫。

一间间小屋都不大，木质的墙板，散发着陈旧的味道。简陋的设备，述说着营造学社的艰辛。那个时候，林徽因被肺部疾病折磨得很虚弱，梁思成找了许多土方。方子中需要鱼，为了买鱼，梁思成当了心爱的手表和派克笔。

就是在这样的环境下，梁思成完成了他的《中国建筑史》，就如当年李诫的《营造法式》，这部著作成了建筑学界的圭臬。除此以外，夫妇俩还用英文撰写并绘制了一部《图像中国建筑史》。

正是对李诫心怀崇敬，才为儿子起名"从诫"。从诫也在这里渐渐长大。

车子又一次在乡间小路上盘旋，到处都是农家的水田，水田里生长着绿色的稻子，鸭子在池塘拨着清波。车子爬上又一个高坡才停下。这里也是一个山间小村。转回头，高台上一处庭院，名栗峰山庄。谁能想到，不大的庭院里，竟然安坐过国家历史语言研究所。梁思成曾在他的书中，将李庄的栗峰山庄和旋螺殿誉为"傲于当世之作"。

傅斯年、董作宾、梁思永一批史学巨匠，就在这里度过了六年时光。按照董作宾的说法，当时海宇沉沦，生民荼毒。他们这些有幸同仁，在这样的安逸之地，哪能不抓紧做学问、搞研究？他们走时，联名写下了《山高水长》的碑铭，作为在李庄的永久记忆。山高水长，那不只是地理上的辽远险峻，还是情义上的沉厚绵永。看着他们在这里留下的一帧帧照片，感觉出这批知识分子的快乐。

李庄以纯正的麻辣风味及四川方言，征服了这群远离故乡的人。渐渐地，他们把这里当成了故乡，或者说，这里让他们有了故乡的感觉。"巴适！"谁在喊，而后一个个都会了，巴适，那就是舒服、舒心、舒坦。

当地的百姓见了，都称他们为先生，他们是真正的大先生，国家的栋梁。有情有义的李庄，拿出全部的热情来接纳他们。平时给他们送柴送菜，逢年过节，还会送来肉食。

在一个个房间里，一个个台阶上，可以想象出先生们读书的样子，抽烟的样子，思考的样子。还有，完成一段研究满足的样子，学说李庄话的样子，哈哈大笑的样子。

他们也是一些普通的人，尽管他们普通得十分了不起。你看，他们空余还会写写打油诗，思念一下远方的谁。门前的水塘总有青蛙在唱，还有树上的蝉，鸣叫得似乎比别处的蝉更有学问。

日本的飞机飞不到这里，即使飞到这里，也发现不了什么。实际上他们不知道李庄的深奥，不知道这深奥里那么多国宝。这么说，李庄就成了国宝档案馆，李庄留下了他们所有的信息，包括他们的故事，他们的笑声和呐喊。

这些可敬又可爱的知识分子，也会融入李庄的生活，感受李庄的风情。每年三月看热闹的东皇庙会，看戏台上的川戏变脸。梁从诫也会跟着小人儿跑跑跳跳地喊："满街旗影甚辉煌，策马三巡报信忙……"

他们也会去东山寺，看阳光层层地黄。寺顶是白塔，攀上白塔山，看左边的金沙江和右边的岷江挽在一处，成为长江的起点。从这个起点，能通向很远。他们或许不会想到今天的景象，今天那些一望无际的建筑，就是他们经常望去的地方。

水带走一片片蓝。从这里看宜宾，翠屏山、白塔山、七星山三山环卫。著名的五粮液就在东山寺右边。看着江水，觉得水里也带有了酒香。白塔与五粮液的历史，只差两百年。杜甫、苏轼、黄庭坚都在这里留下了足迹和诗篇。黄庭坚还在山谷建了流杯池，曲水流觞，潇洒浪漫。

古老文化与现代气息辉映。李庄倚着两千多年建城史、三千多年种茶史、四千多年酿酒史的宜宾，显得古韵芬芳。

凌霄花在向上扩展，初看以为是一棵树长出的果实。粉色的三角梅在屋顶上爬，它要把繁花做成滴水檐。紫色的花叫什么？簇拥在街头小路旁，簇拥着过来过去的脚步。还有芋头叶子，大得有些夸张，只三两棵，就解决了视野的迷茫。还有竹篱，葱葱翠翠地排出一缕灿烂晨阳。

文化该是接续的，宜宾和李庄始终有着这样的念想，所以就有了十月文学奖的永久颁奖地。一批批作家又如当年那些学界大咖，不顾山高水长，怀着好奇，带着盼望，从全国各地奔李庄而来。不仅是来参加一场文化盛宴，也是来感受一个文化情怀。

我早早地起来看着李庄，晚上也会坐到很晚，陪着李庄。李庄，还是那种养在深闺的姿态，还是那种粉墙黛瓦的着装，还是那种好听的抑扬顿挫的乡音。李庄，淳厚得就像一饼老茶，历久弥香。

黑河行吟

一

越过山海关，目光沧浪五千里，是我辽阔的东北大地，大地油黑，黑得苍莽而深沉。我看见一个大汉从汗水里起身，一抬手，甩出一颗油亮的太阳。我知道过去没吃食就去闯关东，关东是个神秘的地方，那里有白山黑水。山顶着皑皑白雪，却要流出黑色的水，流的是大地的油脂吗？我现在也是闯关东，我要一直往北，去看关东的黑河。

我不止一次在东北大地上游走，却第一次走过这片土地。我来得有些晚，太阳已经西沉，星星缀满了天空，但还是不能照亮这个渐渐沉睡的汉子，他甚至发出了浓浓的鼾声。那鼾声一路都在响，响得越发沉静，沉静得可怕。我不知道，如果不是坐在车子上，会有什么感觉。

一望无际的田野，田野里是一望无际的玉米，哪里有漫山遍野的大豆高粱？车子就像飘浮在玉米大地的上面，一片白色的胡须摩挲着我的怀想。

月亮似乎是一轮太阳刚刚升起，随着我嘹亮了一片地名：绥化，望奎，庆安、绥棱，五大连池、北安，孙吴。

还有，海伦，多么像一首诗，又像一个女孩的名字，在有月亮的夜晚放光。海南，怎么在这里？这里没有海，却有着一个宝岛的地名。还有海北，看来过去这里真的是有一片水，水必是很大，大成了海，只有叫海才能让人心安。我仍然要向北，那里有一个黑河，黑得流油的黑河，黑河是一条富裕的水也是一片肥沃的土地，我刚才经过的北安、五大连池和前面的孙吴，都是属于黑河地域。

正是由于这里的肥沃，使得多少眼睛绿得泛红。老毛子就将我们黑龙江北岸的海兰泡一口吞掉，叫成"报喜城"。后来日本人也想来掠夺，两只斗鸡在这里掐架。黑河曾经是黑龙江的省会，黑河的孙吴日本人驻上将，哈尔滨驻少将。为那个要塞，骨头都不知烂了多少根。现在车子已经到了孙吴地界，天上突然起了黑云，像条怪物，在与另一个怪物对视着。不知道为什么叫孙吴。

黑河也是被叫作北大荒的一块，曾经有过无数的青年将青春献身在这里。最初开垦的岁月，海样的人群战胜了海样的狼群。那种艰苦成为史上的一道快乐而痛苦的泪痕。一场水或者一场火，有些生命就永远地淹没在母亲永远的泪水中。黑河边，仍留有他们的遗迹。

二

我的目光，无法不停留在遥远的地平线上，那就是黑河，黑龙江，在漫漶地流着，河上泛着白亮的光，将天空整个地映照进去，连同太阳落去后的那片霞。不知为什么，在东北，地平线上的余晖消逝得特别慢，就像少女脸上的红晕。我知道那条河离我很远，地平线离我更远，我走不到那里，我只能远远地看着。

我看见了一颗星星，就一颗星星，悬在月亮该悬的地方，我不知道月亮去了哪里，使得黑河的夜更显神秘。云全是蓝黑色，像爆炸后的硝烟。一匹马跑来，在我的跟前没有丝毫停顿，像一道闪电。它要去哪里？

终于到了黑河，到了黑龙江的跟前，而且还是紧紧贴着似的住在它的岸边。我是这么的欣喜，我心中的黑龙江，竟然这么近地袒露在我的身旁。它那巨大的涌动力和冲击力造就了沃野千里，以致一个省都要用它的名字庄严命名，成为中国的唯一。

水流得很急，似乎是上游发了水，一些东西冲了下来，有时会见到一棵大树横在水里，该生根的生根，该发枝的发枝，滋滋润润地还是一棵树，兴许到了一个地方还会突然停下，让根须继续发芽。只是这树在水的表面，迅疾地长出了我的视线。多数时间，水面是没有什么东西的，平静得只有水的花朵，这里那里无声地开放。开放出我迷离的想象。时常会有一些人投入水中，去逗引这些花朵，使这些花朵的叶片脱落得不知去向。

河边立着高大的母亲的雕塑，东方婴儿在她的手上展翅。黑河是黑龙江畔中国最大的城市，我见到过数十年前的一幅港口的照片，桅杆林立，人声嘈杂，一片热闹繁忙的景象。各种烟囱从各个地方伸出来，像一群抽烟的汉子对着天空扬眉吐气。现在这里仍旧被叫作"北国明珠""欧亚之窗"，大黑河岛国贸城里，一群群俄罗斯人大包小包地采购商品，露着满足的洋洋喜气。我骑着一辆自行车在黑河乱转，时时会看到那些白人混迹于大街小巷，说着笑着，吃着东方的小吃，繁华的黑河处处散发出友好和宽容的味道。

曾经的海兰泡，还有江东六十四屯，那些刻骨铭心的地名，已经在黑龙江的对岸被叫成了另一个名字。恩格斯在那个时候就曾仰着浓重的胡子说了一句公道话：俄国不费一枪一弹"从中国夺取了一块大小等于法德两国面积的领土和一条同多瑙河一样长的河流"。关键还有黑龙江、乌苏里江的航行权，以及通往太平洋的出海口！

我去看了《瑷珲条约》的签订地瑷珲，现在不知怎么叫成了爱辉。

远远看见瑷珲魁星阁，瑷珲只有这么一个标志性建筑了。沙皇兵流着口水进攻瑷珲，使瑷珲城彻底毁灭，只剩这个魁星阁，1945年，又被苏联红军当作日本炮楼轰击毁坏。

一座古城在江边散发着清香。那是一棵棵高大的松树的梵音，是一朵朵不屈的花朵的灵魂。我望着天上一群的白云从黑龙江的那边飘到这边，又从这边飘到那边。天是合在一起的，云多么自由。

瑷珲，你的名字是那么美丽，又是那么忧伤，你就像一位曾经被侮辱的少女，用一种只有你自己知道的目光凝视着曾经的朝阳。瑷珲，你不会忘，你站在这里我们也不会忘。我们始终会叫着你的名字，以便唤醒我们心中的记忆和对你的想念。

白桦树聚集在江边，好大一片凝视的眼睛，什么时候，《这里的黎明静悄悄》在这里设置了拍摄基地，一群异族姑娘从对岸招募而来，唱一曲女子精灵的圣歌。如今这里的黎明还是静悄悄的，桦树林里只有我的脚步，偶尔惊飞一只对面来的野鸟。野鸟掠过水面，翅膀一翻一翻，翻着一种满不在乎的怪相。

三

七月份，正是黑河人的好时光。凌晨三点就会天亮，有时我会被某些声响弄醒，拉开窗帘，发现已经有人在江中戏水，在岸上踏歌，三三两两地闲走。再次醒来已是早上六点，江边的人多了起来。

我想下到黑龙江去游水，我太想那水了，如若不能在这次下水，不知道何时再有一次机会。这种想法每天都蠢蠢欲动，在我的心底茁壮成长。

我曾经设想在晚上下去，但那急速流转的水，对于我来说十分的陌生，我有些害怕水流与黑夜的不可测定，而且是条界河。那就只有早晨了，早晨天亮得早，时间完全够用，江边的人也不多。

我拿了一条浴巾，以便换衣。我提着一个提兜从楼里出来，很快走下了堤坝的台阶。大水在我的眼前流过，一刻不停，这么近的距离，我越加感到水流的迅疾，恍惚中似乎水没动，而我在漂。

我不能犹豫，犹豫是大敌。我很快脱掉了衣裤，江风立时包围了我，我的头发像一丛野草飘摇起来。一点点下到水里，岸边的水下竟然是沙石，粗粗细细的很是舒服。水有些凉，激起一层鸡皮疙瘩。我扑进了水中，感觉身子立时不是自己的了，我成了黑龙江的一分子，被大江带向下游，不管我怎样地扑腾挣扎，我都在快速地下漂。"此地有崇山峻岭，茂林修竹，又有清流激湍，映带左右。"我突然觉得自己成了兰亭曲水流觞中的那只觞，在左漂右流，谁将把我掬起？岸上有人在观看，或许也有诗在胸间。很快我就看不到我的衣物存放地。我在水中硬性地扒拉了几下，靠向岸边，而后爬上岸去，踉踉跄跄，一身水渍，大江对我还有些缠绵，绊着我的腿脚。

我迅速地回跑，在衣服那里再次下水，而后再次上岸，如是者三。不这样我会被冲进俄罗斯的国界里去。已经不觉得冷了，我打量着江水，很是清净，略带黑色，那是一种矿物质演变的结果。捧起来却清澈无比。中间很深，两国的船只往来其中。有些船只壮观地往下游去。

初下去还能踩到硬底，渐渐就深不可测，身子早已被水冲得漂浮起来。想逆水而上，那只是妄想，顶着水使劲，整个的白费力气，岸上的树木，美丽的建筑，看景的人，都在急速地退去。从上面看我，一定很滑稽。但我充满了自豪，黑龙江，你以民族的图腾命名，带有着祖先的血液，我终于能够与你亲切接触，感受着你的抚摸，我甚至有些陶醉，不知不觉地进入了大江中央。

我最终还是上岸了。我紧张地裹着白浴单换衣，江风搅着乱，我知道有人在高高的堤坝上照相，还有些俄罗斯的女孩在说笑，我忙乱不堪，湿漉漉地穿上了外衣，带着十二分的满足走上去，而后回头看着辽阔的美丽的黑龙江，看着不比这边繁华的对岸。在我离开黑河的时候，我不会遗憾。

晚间，乘船再次走行黑龙江，两岸风光尽情画入江中，黑河各式建筑高耸而现代，灯光打出耀眼的轮廓，离得越远，越能感到那种与对岸相比的优越的震撼，自然也就更有了自豪感。我长久地站在船尾，看翻起的白色浪花后面，拖着一江斑斓。

四

我去鄂伦春的聚居地，看鄂伦春人狂放的狩猎舞蹈，大口吃山上和水中的野物，体验森林里自在的生活。

绵亘千里的兴安岭，到处是茂密的原始森林。落叶松、红松挺拔地向上，木耳、蘑菇和榛子在其间繁荣。我不敢走得太深，林中还栖息有东北虎、黑熊和野猪。过去的鄂伦春人靠着一杆枪、一匹马和一只猎犬，便什么都不怕，自由生活在茫茫的林海中。

我看见一群美丽的少女，热辣辣的眼睛里放射着温情和活力。那是鄂伦春的山花，开在崇山峻岭间，永远那么烂漫。我随着她们顺着一条弯曲的溪流走，她们说溪流里有鲑鱼和鸭罗鱼，中午吃的就有这些美味，她们尽情地让我们品尝并唱起祝酒歌。

在溪流的深处我看见鲜嫩的草场，草场上是鲜嫩的羊群和快乐的马驹。有歌声飘起，我不知道出自谁的口："高高的兴安岭啊，一片大森林，不管你走去多远呦，不要忘了热情的鄂伦春……"这歌声让人流连沉醉，有人已经躺倒在草窝子里，让胸脯起伏成山脉，让目光迷离成秋水。

空气清爽得像刚下过一场春雨，春风得意地钻进我的肺里，整个天空和大地都在擦洗着我，使得我像一棵树一尘不染。

东北的树是一堵堵城墙，夕阳在没落，一直没落到一点儿都不见，只剩一片殷红的光，光再变蓝，变紫，最后变成一片黑暗，同那些树混为一团，整个东北大地就融在了一起。谁在哪里喊一声，那声音跳跃着，在很远的地方有一个回声。那回声很害怕，让你怀疑是不是由你这里发出。在这样的大地上，你不敢独自站立，更不敢喊出第二声。或者你喊出第二声时你就吓呆了。

明月再次升起来，"唰"地一下就照亮了原野。我看见一片灰色的云团拔地而起，我从没有见过接地的云，那或许不是云，是雾岚还是什么。人说的接地气，这可能就是接了地气。云团像在一个蒸笼上，冒着袅袅的烟气，越往上越稀薄，最后变成一缕缕游丝。我不知道这样的云起什么作用，能变成雨吗？倒是像老实的龙卷风。如果不是岚气的滚动，那就是一幅夏加尔的画了。

小鸟新天堂

一

雷从凌晨四点开始，实际上闪电先到场。雷闪过后，雨接踵而至。湖面在开花，绿树在增色。站在窗前望去，古城焕然一新。

想起过往的肇庆，很长一段时间内，都是谈起中国文化时不可忽视的地域。打开尘埃里的线装书，肇庆端砚，在历史的墨香里泛光。

端砚不只是一个词，它是一个时代。一千多年的历史和文明，都在端砚上显现。当年，包拯任端州（今肇庆）知府不持一砚归，两袖清风，留下千古佳话。

清晨，一切重新开始。映入眼帘的，是一方巨大无比的砚池，还有其间的七星岩和野树杂花。墨汁洇染。湖上起了云烟，渐渐散开，却是一只只鸟。那些白色的羽翅，在长满山石的水中回旋，恰恰的音声里，是浓浓的负氧离子。

这些天赋异禀的绘画大师，在水面一次次挥毫，迅疾的笔锋，形成一幅神秘的图画。

大片的芦在雨后疯长，每棵芦尖都抱着晶亮的珠玉。有鸟落在上边，将珠玉啄洒。更多的鸟落在树上，同枝叶共振。

天空的蓝，一点点打开。阳光的羽翼与鸟的羽翼交会一起，一道道透亮的光焰，将所有目光瞬间点燃。

二

一方山水养一方人，有了这片山水，整个城市都变得灵动。在这灵动里转，七星岩、星湖湿地、水月宫、千年诗廊、出米洞、鼎湖山……再迫切，也不能"一日看尽长安花"。

岸边，黄色红色的叶子铺了一地。石缝间，一群蚂蚁在搬家，它们已经适应了这种仪式。

多年前的时光，从云隙间流下。心灵在宋代流浪，想象那个舞台上的包公，在端州时，应该不是严肃的黑脸形象。也可以说，他在端州怡然舒展，心清气朗。

空气不仅清爽，而且有点甜润。有的水草长在了水下，像是用超级透明的镜子罩着。小船无声地在镜面上划。远处，一群青头鸭围成一圈，排练着水上芭蕾，涟漪渐渐扩散。荷叶在水面摆盘儿。一枝花蕾高高钻出，等着杨万里的蜻蜓。"接天莲叶无穷碧，映日荷花别样红。"绿色的水珠从荷叶上弹起，带出三两声蛙鸣。

刚才还碧青的水，这时又变成了墨绿。让你想到酽酽的墨汁。落羽杉似穿着长裙的美人，大片地倒映在水中，到了秋天，它们的长裙会变得澄黄飘曳。棕榈在岸边列队，头顶的扇叶，像清一色帽子的提花。水边的杉树、蒲桃、桉树和香樟，按照各自的美学生长，有的威武直立，有的慵懒歪斜，有的干脆躺平。一棵榕树，竟然将身体从这座小岛伸到另一座岛上，伸成一座桥。鸟儿喜欢这桥，熙熙攘攘地在桥上赶着"露水集"。

一群鸟衔着中原的麦香远远而来。它们在慢慢飞，细细地品味沿途风光。

每只鸟在这里都心静如水，而水却像鸟在翻扑着翅膀。有的鸟似一个顽皮的孩子，向湖里掷石子，不，它是把自己掷进去，水玻璃发出炸裂的脆响。一个个石子掷下去，一次次炸裂的脆响。纹络八方扩展。小的雀鸟像叶子从树上落下来，带着哗啦啦的声响，而后又像镜头回放，哗啦啦地回到树上。几片抓不牢的叶片飘进水中，鸟儿扬了扬尾，并不去追，聪明在此刻显现，它们知道，那不是鱼。鱼翔浅底，它们要看自己的情绪。

这是鸟的乐园。一只鸟儿，正对着另一只鸟直言不讳地表达心曲，而后再加上一段独舞，另一只鸟高兴了，向空中飞去，这只也随之跟去。想不到，鸟的爱如此纯粹而迅疾。这个季节，诸多小鸟将会出生。

最多的是鹭鸟，它们一行行地从杜甫的诗中飞来，在青天重现唐时的盛景。只是它们不再远去，它们有了不舍的依恋。鹭鸟已经会排班，白鹭早晨出去，灰鹭晚上出来。据说晚上出来的灰鹭有特殊的"夜视仪"。黎明或傍晚，那是群鸟交接的奇观，就像一张大网，在湖上撒来撒去。

湿地里那么多丹顶鹤，它们并不因那一抹丹红而倨傲显摆，本身自带的高贵仪态，足以让它们冠压群芳。火烈鸟同样身姿颀长，长着一双大长腿，如一团团火在滩池晃来晃去，点燃栏边孩子们的热情。胖胖的雁鹅不如丹顶鹤和火烈鸟注重体型，它懒得运动，爱吃零食。有人叫："代沟，代沟！"雁鹅听到，就摇晃着身子跑过来。原来是鸟语，意思是赞美它好看。来自澳洲的黑天鹅在天鹅种类中有着最长的脖子，那呈"S"形拱起的竖琴般优美造型，加上明亮的蜡质的红色鸟喙，简直让人惊叹。

水一生都在流动，鸟一生都在飞翔。它们都有同样的愿望，有一个尽情舒展和释放的地方。五湖所在，差不多一千公顷的空旷，足以让

160多种鸟类尽享自在，恣意放浪。

三

就这么呆呆地望着那些鸟儿，如同望着某个时刻的自己。它们不知要怎样地翻飞，表达对一个地方的爱慕。它们是七星岩外的另一群星光，在有月亮或没有月亮的昼夜，于空中或水中随意绽放。

"水泉深则鱼鳖归之，树木盛则飞鸟归之"。鸟是具有灵性的生命，鸟的选择就是大自然的选择。它们有的甚至来自遥远的西伯利亚，漫漫征途中，找到一方新天地。每一片羽毛虽沾满各自故乡的信息，但在这里打卡久了，干脆安居乐业，娶妻生子。这里便成为一个小鸟的新天堂。

鸟的到来也引来更多的同类和更多的游人。就算是绘鸟大师奥杜邦来，想必也会被这里的景致唤醒灵感。

随着视角不同，远处的山形发生着变化。有一处似卧佛观天，有一处如苍龙昂首，有一处就像是一只鸟，或立或飞。

晚上，长久地坐在湖边，有鸟还在水面上飘，那就是所说的夜鹭吧。望着它的时候，会感觉湖水像海在涨潮，一圈圈的水环，把月光环在了里边。

一条河的走向

一

这里多雨也多水,湿润的气候容易激发联想。吴王夫差为了运输军队与粮草,派伍子胥开凿邗沟,那个时候,水上比陆路便捷。伍子胥是多么有能力的人,他很快将邗沟与淮河和长江连在一起。

由此也为隋炀帝提供了方便,他以此为基础,迅速拓展了那个史上伟大的工程。可以说,邗沟是京杭大运河的开篇序曲,有了这个序曲,得以使全篇宏阔而惊艳。那宏阔而惊艳的鸿篇巨制,竟然有1700公里长。

淮安的灵魂深处,埋藏着2500年的时光。这个因水而生的城市,最终成为了水的故乡。翻看淮安的历史,一条大河顿时翻涌,一把橹,一个锚,一件环扣,一只桅灯,一条缆绳,每一个物件,都在诉说着曾经。直到现在,有的物件还在水中发挥着作用。

我站立在大运河边,看着这波光粼粼的水花,目光迷离,直达久远。大运河改变了大地的思维方式,极大地挑战了水的传统流向。

这里的人说起来,神情亦有异样,那是淮安特有的自豪感。

由于有了这条河,也就有了漕运。从元朝开始,沿海省份征收的粮食，沿运河北上，直到明清两代，未有停歇。漕运总督的衙门就设在淮安。而且，这里不仅有漕运总督府，还有江南河道总督府。这两位总督，明清时候，多为一品二品大员，不受当地巡抚总督管辖，也不受部院节制，直接向皇帝负责。由于地理位置的重要，连淮安府的官员等级，也比其他知府高。如此，这个扼南北交通的水运枢纽，成为名副其实的运河之都。

二

因水利而成为宝地，漂母曾在的岸边常年稻花飘香。江淮熟，天下足。由此造就了一个富庶的天下粮仓。走过仓盈风雨桥，对面就是一个仓储遗址，那里竟然有着九九八十一座粮仓，可想当时的丰饶。我们几位，晚间兴致勃勃摸到了这个地方，看不到什么痕迹了，只有一个牌子竖在那里，几个人打着微弱的手机光亮，抚摸着牌子上的字，内心掩饰不住地激动，觉得摸到了历史深处的芳香。

可以想象，在这举足轻重的运河之都，来来往往多少人！你来了，他走了，甚至你来了，他还没走。一时间，舟楫相接，辐辏相继，楼馆高矗，店铺林立，直拥挤得这运河边铺排出好大一片天地。装车的，卸货的，拉纤的，摇橹的，船船忙乱。唱曲声，叫卖声，号子声，声声不断。明清时期，这城市就有55万人之多，那是什么概念？当时的杭州城才20余万。

博物馆的一角，我看到了好大一堆叠压着的龙泉窑瓷碎片，据说当时挖掘时有20吨。它讲述了一个什么样的故事？这里是货物仓储集散中心，每日来往的物品不计其数，出现什么事情都不足为怪。

大运河，不仅润泽着文化，还创造着文化。船多客多，所以琢磨着吃，琢磨着做，淮安成了烹饪实验场，江南江北的名吃样样在此汇聚，宫廷民间的高手纷纷在此亮相，码头辐射出去的一道道街上，到处都飘着各式各样的幌子。集南北烹饪之长的美食，同上游的扬州相融相通，淮扬菜由此出名。那些老菜的味道，极致地诱惑着南来北往的船只，也极致地被这些船只带往四方。狮子头、鱼锅贴、老鸡煲、软兜长鱼、红烧马鞍桥，至今还在水上飘散着余香。那时的人说，腰缠十万贯，骑鹤上扬州，说不定扬州玩够，滑脚又到了淮安，只是他们不声张而已。

那个时候，运河是国家命脉，管理好运河，也便管理好了国家。运河安则国家安。运河引领了中国最繁华的区域，因而它像一条金腰带，让当时的皇帝颇为得意，以致他们一次次巡游运河。康熙和乾隆都是六下江南，六次都没有忘记在淮安上岸。

水给我们带来无比灿烂的文明，带来无可预知的美好，水也给这里带来过无尽的灾难。来淮安的路上，看到古黄河的标牌，再往东，又看到废黄河的指示。黄河一路上跑野了，为了入海，它曾经闯入淮河的河道。康熙十五年（1676年），在淮阴境内，黄河冲决王营、高家堰，决口三十四处。乾隆三十九年（1774年），黄河又从淮阴老坝口一冲而下，一万多亿吨带着泥沙的黄水，使淮阴以下入海河道全部淤平，淮河只能从洪泽湖南流入长江。直至咸丰五年（1855年），黄河夺大清河从山东利津入海，才结束660年由淮入海的历史。

康熙和乾隆，都曾多次到淮阴和洪泽湖大堤巡视，河道民众无数次奋争，才得以有"清晏园"这个名称。这条废黄河，就凝固在了时代的苦痛里。经历无数苦难的百姓，把心中的念想与寻觅，托付进了淮海戏中，那戏当地人也叫拉魂腔，悲怨的曲调多少年充斥于运河两岸，最终变成力量，变成诗篇。淮安，真的随了"淮水安澜"的祈愿。现在再没有了什么担忧，所有的水都有了信念，所有的堤岸都变成了景点。淮阴即在古淮河之南。站立25层楼的高处，会看到不止一条绸缎样的水左环右绕，显现着一座城市灵动的气韵与祥和的气象。

三

时间进入了一年当中的最后时刻，大雁与天鹅竟然同时飞来，在淮河流域境内的多条河流中徜徉栖息，两种颜色的音符，感染了这个明亮的早晨。

一位老者守在水边，一杆烟袋，久未入口，只是让烟锅冒一冒青烟，而他自己，也如那烟袋，静静地发呆。有时候遇了人，他会让烟杆在空中划动，以加重他语气的激动，那一定是同谁对了脾气。旁边的人告诉我，这是一位老运河，他把一生交给了这道水。

守在水边的还有一只黄狗，它往左看看，再往右看看，实际上它是在看水的流动。偶尔它会对着水吠一声，那或是水中有了什么动静。

我还看到另一位水边的老人，那是在枚乘故居旁，老人原来住在这临水的地方，后来被认定为枚乘故里后，老人就成了这里的管理者，他在水边管理花木，还护理菜园，严寒的冬天，菜地里竟然绿意一片。

越过菜地你会看到古银杏，看到古运河和古码头。当年，或有一位女子，长久地倚在树下，看着水上的船和水上的人。运河边，码头上，多少人上船下船，多少船顺水逆水，号子一声，风帆一晃，已是千年。

走进淮阴侯韩信故里，韩信倨傲的神情里，却有着些许的迷茫与慨叹，他或许不是在意兵戈铁马、荣辱曲直，而是在意漂母，那永远追不回的笑意。走进吴承恩故居，吴承恩与运河的关系，就是一位会思想的人与水的关系，水将他的灵感调到最好，调成一部与运河同样久长的墨香。站在清口枢纽前，看一条河的想往，这想往已深深嵌入了时间的缝隙。运河两岸的石头，仍然堆积在那里，不知堆积了多少年。那些石头，无论立起来做碑还是横下去做岸，都是一个道理，都具有非凡的气质与宏远的意义。

现在这里有盐河、里河、里下河、淮河、运河、古淮河、古运河，你都说不清它们是怎样一个概念，反正一道道水来，一道道湾，加上辽阔的洪泽湖，你会感到这里水的格局是如此的宏大。宏大到天地为之合掌，日月为之画圆。

大运河气势不减当年，这条水道仍然显现出超出想象的繁忙，一艘艘吃水深切的大船南来北往，慢慢地享受时间的微澜。竟然还有划桨的小船，那些木桨，还在临摹着先辈们临摹了无数年的水墨。

天黑得早了，现在是 4 点 30 分，太阳还有一丈高，格外的红艳，红艳的辉光泼在运河上，我就知道了为什么叫黄金水道，那不只是水道的金贵，还是因了早晚的色光。就像一水的黄金在伸展，随你的目光一直伸展到远方。在这样的水道上行船，该是多么愉快的事情，那是一个美好的预示呢！4 点 50 分，再抬头看，已经见不到太阳，只剩下它丢下的粉色长巾，飘在树梢上。这是一天的绝妙收场。

冬天的夜，一切都将进入静默与安然。只有一条河，还在亢奋地涌动，那是大地上弹奏的、永无休止的琴弦。

等闲识得东风面

一

又是一个烂漫的春天，满山遍野的烂漫不只是桃花和樱花，还有各式各样的草，各式各样的叶片。我叫不出它们的名字，就如我说不清一千八百年前，那些曾经发生过的故事、曾经闪现的人物。但是久远的时间里，那些故事和人物就像这山间的花草，生生灭灭，灿然不息。

给我一把扇子，让我打开一场东风，去看一幕历史大戏。东风，从大江出，伴大江涌。东风是这里永久的话题。谁都不会忘记那场大戏，那就是三国赤壁之战。

船在江面劈波斩浪，我们去看东风下的古战场。如今这里属于武汉经开区地界。与赤壁之战有关的纱帽山、赤矶山、设法山、大军山、小军山都在这一带。

首先看到了纱帽山。纱帽山在大、小军山之间，与设法山形成三角之势，是当时吴国与魏国的陈兵之地。诸葛亮的祭风台，就在此间。周瑜和黄盖诈降曹操也在这里。或可说，这一片区域，是赤壁之战的序曲部分。三国，实在是一个特殊的时代，那么多人物，那么多豪杰，一个个名字，至今仍为人们津津乐道。

之前曾去到过设法山，一派葱茏的山体，如何看都看不出它竟然与一场烽火相联系，而这里已经成为三国文化公园区。当地的百姓都会给你讲诸葛亮的故事，譬如"草船借箭"，吴蜀联军与曹操的大军对阵于长江。诸葛孔明向吴军要了二十只草船，从曹军那里"借来"十万只响箭。诸葛孔明的神采，飞扬到极点。

当地还流传着这件事的来龙去脉：设法山下，孔明散步时，见一农夫扎着草人驱赶飞鸟，他的两个小儿以箭射之玩耍。一个民间的游戏，被孔明记在心上，由此有了草船借箭的神奇。可见，聪明人能借助一孔之明读出大世界。

设法山上，周瑜利用蒋干盗书，智杀蔡瑁和张允，曹操就此失去了两个最懂水战的将领。再往后，诸葛亮在设法山见庞统，由庞统向曹操献"连环计"，将舰船首尾连接，人马于船上如履平地，战船却不能行动自如。

江轮顺水行不远便是纱帽山。纱帽山很有些历史了，古人曾在此依水而居，繁衍生息。这里发现的头骨化石被命名为"汉阳人"。后来还发掘有石斧、石凿、陶纺轮、陶板瓦、铜斧、铜矛等。距纱帽山不远处出土的商代青铜"天兽御尊"，成为湖北省博物馆的镇馆之宝。当然，我们所关注的还是那场大战。看郦道元的《水经注》怎么说："江水左迳百人山南，右迳赤壁山北，昔周瑜与黄盖诈魏武大军处所也。"相传赤壁之战时，纱帽山处江心，黄盖带十舰百人掩蔽于石矶之中，乘机纵火烧毁了曹军主力，所以纱帽山也叫百人山。从这里隔江望向东南，距赤矶山有三里多宽的江面。

当地的朋友江楚才介绍，南北朝时期的《荆州记》记载："蒲圻县沿江一百里，南岸名赤壁，周瑜、黄盖于此乘大舰上破魏武兵于乌林。乌林、赤壁，其东西一百六十里。"由此推测，赤壁就是乌林下游的赤矶山。

江轮在江心陡转，掉头往赤矶山驶去。随着时间的推移，这片山体被剥蚀了不少，但是那片赭红仍然一目了然。想当年，一定是很高很大的一片赤岩。江楚才说，这一带的江岸多是这样的赤壁。打仗的地方，包括江段很大一部分区域。也就是说，很难确定当时的赤壁之战发生地。但有一点可以确定，只有如此宽阔的江面，才能排得开战舰。

周围最大的山便是大军山，大军山斜向里与低矮的槐山把江锁住。江水逐渐收束变窄，水深流急，船到这里都变得小心翼翼。岸边多是硬硬的壁立着的泥土。那些泥土不断地被江浪啃下一块，连同上面长长的绿草，落入水中，瞬时不见踪影。

二

事实上，这里的山都不大。山不需要大，只要够用。在这江边上，每一个突兀之处，都有用武之地。

山不灭，水长流，而一个个人物早已不见踪影。这就是历史，这就是现实。在这里，真的想来一声喊：大江东去，浪淘尽，千古风流人物。

周瑜打黄盖的事件，还有蒋干盗书都发生在哪里？一直是个模糊的概念，现在似乎有些明朗了。尽管可能是文学故事，但让故事变得具体，并由此认领一个方位，某种意义上也是一种快乐。

"对酒当歌"的曹操，与赤壁之战的曹操似乎不是一个人物。这样看来，曹操还是写诗好，写诗的曹操起码没有那么多的杀气和怨气，面对大江，说不定还会有一首歌诗出来。虽然曹操是魏晋文学的领军人物，但如果不陷于打打杀杀，他的成就会更高。

我们喜欢曹操文字中的宏阔，只是长江不是他的诗，大海才是。长江是周瑜和孔明的诗，当然，也是罗贯中的诗。

《三国演义》中，赤壁之战是诗眼，最出彩，诸葛孔明和周瑜合作了一场大戏。公瑾当年，小乔初嫁，雄姿英发，羽扇纶巾，多么气派。如今，位于经开区汤湖公园湖畔的汤湖戏院里，湖北评书还在讲说着《诸葛亮借东风》。"欲破曹公，宜用火攻，万事俱备，只欠东风。"大军山建起祭风台。诸葛亮的职业生涯中，这一招最绝，还有一招是空城计。诸葛孔明一步步离开大地，他轻摇羽扇，胡须微颤。他清楚地知道，一场东风正等着他。

　　除了两位，鲁肃、黄盖、庞统、蒋干，每个人都是主角，都是出色的表演者。风与火，水与船，还有处于武汉经开区的这些大大小小的山头，也都是出色的伴演者。只有曹操，成了傻傻的小丑。

　　一条河流流了千万年，飘飞的烟云，茫茫的江浪，此时显得抽象。就像历史老人猛然挥动画笔，画布上一片浑黄。

三

　　雾气很重，鸟儿也多，叫不上什么鸟，一群群的，似一朵朵卷起的浪花。江水依然，船只依然，风光依然，三国远去了，曹操远去了，孔明、周瑜、小乔也远去了。

　　很想知道那个初嫁的小乔，当时是怎样的心绪。丈夫领军出征，一场大战在即，她的内心毫无波澜是不可能的。作为一个女子，她只想回到日常，回到柴米油盐、风花雪月。但是，男人的世界，风火雷电，由不得她。那就来一曲箫音吧，不弄风云，只管风月。即便迅疾地没入历史烟云，唯留一个恒久花颜。

　　深色是植被最丰厚之地。这里再不需要烟火，而需要东风。或是一种巧合吧，这里最大的亮点，就是以"东风"命名的产业，当地人把汽车城称作"车谷"。走进一座座敞亮的车间，新车长长的流水线，让你想到涌动的江水。时空转换，江水的意义不同，东风的意义也不一样。今天的东风，坚定与沉稳，同座座青山融在一起，造就了生机勃勃的新区。

一方水土一方人，一方热土一方魂。谁都没有想到，曾经的三国古战场，"东风"会成为这里的永久动力、永久风景。他们的口号就是："借东风，定军山，二次创业，再出发。"满满的情怀，东风鼓荡的情怀。

香樟、早樱、玉兰、女贞子，在这个水气蒸腾的经开区散发着芳香，高大的落羽杉排成了军阵。

站在大军山上看去，东风携着江水，怒涛翻卷，穿云破壁。没有谁能阻挡住豪放的气势，那气势飞扬直上，砰然千里。

赤水河畔

来到赤水河畔，住下已是夜晚。打开阳台的门，居然看到了一片灯火闪烁的山谷。酒店的所在是一座山岩高地，再加上高高的楼层，眼前真的是一片辽阔，那些灯火全在辽阔中。

灯火闪现出各种颜色，使得河谷幽静而神秘。有人说，谷中的河就是赤水，紧傍赤水的就是习酒和郎酒，不远还有茅台。发出串串亮光的地方，是酒厂的一个个车间。我不由得惊讶起来，如此大的一片呀！而且这么晚了，还有人挑灯夜战。绿色的树木在河谷间变成了墨色，一团团的墨色铺天盖地，夹在灯火之间。

我忍不住下楼顺着山路走去。路边开满了黄色粉色的小花，晚间仍显得闹闹嚷嚷。听不到赤水河的声响，河谷太深，不知道它在哪一处流淌。倒是有一股浓浓的酒香，满河谷飘荡。似有无数敞开口的酒坛，争先恐后地释放着自己。让人想到，在这个地方走去，不需要多久，就会走得醉意醺醺。一处处下坡，一条条小路不知拐向何处。也就不敢轻易往前，只在崖边站立，望着不夜的河谷发呆。

第二天，终于看到了赤水河。站在临谷的山峰往下看，窄窄的裂隙中现出了那条著名的河，河水泛起层层朝晖，蜿蜒深沉，波澜不惊，从远方流来，又流向远方。不由得送去久久的注目礼。

包括茅台在内的多个名酒，都得益于赤水。这里的人都知道，赤水河谷的土壤渗水性好，天然地表水通过层层渗透、过滤，溶解了土壤里的有益成分，形成酸碱适度、硬度适中、甘甜爽口的优质水源，富含对人体有益的众多矿物质和微量元素。千百年来，人们对于赤水的爱戴与信仰，使得这方水土从未受过任何污染。

可以说，此一地的繁华是有着历史渊源的。这种渊源也是文化渊源，文化能够带动一切，促进一切，包括思想，包括精神，包括命运。文明之河在黔山蜀水之间蜿蜒千年，东汉时期，西南彝族已经在此大量定居。说明这里不仅水美，还有可以耕作和生活的良好条件。这里盛产楠木，习水楠木顺赤水入长江，再转京杭运河入京，成为贡品中的上品。作为川盐入黔的重要通道，赤水也发挥了重要作用。川盐由四川合江起运，通过赤水过元厚、土城、二郎滩、马桑坪，到茅台镇转陆路发至遵义、贵阳、安顺各府口岸。沿途集镇分设盐号，形成巨大的川盐运销网络。

而就在这里，还是当年中央红军四渡赤水的地方，之所以选择在这里，是因为有着良好的渡口，经济发达，运输便利，人口相对稠密。抢夺了渡口就攻下了商业重镇，也就有了补充和休整的机会，有了发动群众扩充兵员的机会，有了据守和反攻的能力。走过古老的街道，依然能够从一个个盐仓、门店、酒楼、当铺、茶行中看到当年的繁华，并且听到百姓用酒为红军洗伤口的故事。

当地盛产佳酿，人们将赤水作为了长久的依赖。随着时间的推移，从二郎滩到茅台镇的百里范围内，已经成为世界最大的酱香型白酒核心产区，赤水河两岸分布着无数家酿酒企业和作坊。

这一百里的涛涛赤水河，有人给它起了一个美妙的名字：美酒河。这是中国独特的美酒河，不光是中国，在世界范围内也找不到第二条这样的景观。无论远近的人，不断地找到这里，来看赤水河，也品美酒，研究它们之间互依互存的关系。在人们心中，美酒河已经是一个象征，一个重要的文化地标。珍惜美酒河，保护美酒河，合理利用生态资源，是赤水人根植于心的信念。没有这样的一条河，就没有茅台，没有郎酒、习酒的今天与明天。

大娄山间的赤水河波涛翻卷，每一个制酒人都将赤水河的水视为生命之水。你跟制酒人谈，他们会告诉你赤水河的过往，事实上也是他们生命的过往。无论是年老的还是年少的，他们都会向你说出他们的经历，他们对赤水河的感情。

造酒不仅利用了良好的赤水河水，还有着赤水河谷。河谷平均海拔四百米，空气纯净，日照充足，温度适中，在这样的环境下，一粒粒饱满的红缨子高粱，愉悦而挺拔地生长，为造酒提供了优质原料。不仅如此，赤水河谷的土质是紫色砂岩风化而成的弱酸性紫红沙壤，十分适宜做酿酒窖泥，微生物喜欢在这种窖泥中生长繁殖，也就使之产生出卓尔不群的特殊芬芳。

走进酒厂的制曲车间、制酒车间、包装车间，青春的气息扑面而来，让你觉得这是一个充满活力的团队。他们都有着不同的经历，酒也就带有了个性的故事。一切让纯粹的粮食和精细的工艺说话。

我在黎明时分赶往遵义，酒厂的司机师傅准点来接我。离开赤水河畔，车子顺着蜿蜒的山道开行。天还没亮，一路上迎面却驶来一辆辆大巴，中间夹着私家小车。师傅说，这是习酒集团在接上早班的员工。赤水河畔的地方有限，有限的地方都做了厂房，做了仓库，大部分职工就住在了习水县城。县城离这里有个把小时的路程，有的职工自己开车，而多数坐厂里的通勤车。

一辆辆亮着车灯的车子，蜿蜒穿梭于山道上。外来人一定搞不清楚，为何这么早就有这么多的车子。制酒人已经习惯摸黑赶路，在沉寂的大娄山边缘，他们总是这样，披星戴月默默穿行。

一辆辆大巴和小车，如一串串诗句，接通赤水的芬芳与黎明。

辑
二

日出泰山

一

凌晨四点三十分起床,去看日出。昨夜就住在山顶的宾馆,走出门才发现,山道上已全是裹着大衣的男女。

泰山仍处在深度睡眠中。山崖边有人或坐或站,影影绰绰,看不清面目,他们已经成为夜的一部分。谁都想在泰山与初升的红日会面,于是,数万颗心聚在这里一起跳动。难怪尼采说,人生本来是无意义的,在寻找人生意义的过程中是有意义的。

悬崖下腾起团团雾气,氤氲成一个巨大的屏障。风在山崖间钻来钻去,带着野性。

我在一处悬崖边站定,身后是一块巨岩,启明星在巨岩之上,北斗七星则挂在斜对面,众多叫不上名字的小星星闪闪烁烁,就像等待日出的人们,似醒非醒。一个女孩在道边坐着打盹,说半夜就开始往上爬了。一位抱着孩子的年轻妈妈站在人群中,孩子还在沉睡,她或许想让孩子在小小的年纪就留下关于美的记忆。

寒冷在一点点地侵蚀肌体,风无孔不入,风的倔强与人的执着悄然对立。

眼前闪现昨天白天上山时的画面，深深的山坳嵌着十八盘，也嵌着过往的时光。不用等待迎春花，也不用等待野菊花，对于泰山来说，每一天都是盛大的。你瞧，谢灵运、辛弃疾在攀登，蒲松龄、刘鹗在攀登，徐志摩、李健吾在攀登，美国诗人蒂金斯、英国学者狄更生、法国汉学家沙畹、苏联汉学家阿列克谢耶夫在攀登……当然，还有古往今来不可计数的普通百姓。

庞大的队列从久远的过去延续到今天。人们带着一腔豪情，携齐歌鲁酒不停地往上攀，他们想撩云探日，想一览众山，也有人想跟泰山这位老人唠唠，将诸多心事和盘托出。

这里的山石，谁摸过，谁倚过，谁站立过，谁刻下过诗文？在这里，所有的石头都带有历史的印记。

二

眼前，那巨大的屏障在变化，透过暗蓝的光，渐渐能看清周围的景色。这时才发现，起伏的山道上，到处都是人——是人的墙，人的浪。远处、高处的那些光点，一直以为是星星，原来是手机的屏幕。此时并非寒暑假，也并非小长假，可泰山依然盛满了这么多人的热情。

在暗夜中等待，倒是有时间沉思、回忆。从平地到山巅，从喧嚣到静谧，灵魂似乎在慢慢游离。或许有叹息，有悔恨，但是想到即将迎来的日出，心中便怀着期冀，期冀新的太阳带来新的希望。

山底是一条河还是一汪湖水？总有雾气涌上来，迅速将山道两边变成一片云海。云团不断往上絮，云团下泉溪跳荡，音声婉转。整个泰山恍如仙境。你瞧，扇子崖从雾里爬上来，舍身崖从云里落下去。帷幕撩开的一刻，眼前又突然出现顶天立地的摩崖石刻。

一波波植物的香气，被远古的风吹来，迷蒙中感觉泰山在上升。经历了漫长而复杂的地质运动，泰山从大海中耸立起来，方形成如今的姿态。那些山石的纹络让人想到水之波浪，火之喷燃，让人想到电闪雷鸣。世间的壮美和奇异，都赋予了泰山。

它或奇峰罗列，或峭岩孤立。山中泉水喷涌，喷涌成千姿百态的桃花峪，喷涌成巧夺天工的彩石溪。这里还有地下大裂谷，谷中暗河涌动，瀑水狂跌，宏大而幽深。泰山展现给世人的美，是多维度的，也是多彩的。

泰山以盘卧面积达 426 平方千米的庞大身躯、1545 米的海拔高度，傲然挺立着。它的基座，就是齐鲁大地，或者说，是中华大地。

多少古代帝王登临封禅或遣官祭拜。在帝王眼里，泰山就像是一方宝玺，代表着江山社稷。而老百姓所尊崇的，是泰山的沉实与恢宏。

天空中渐渐呈现紫薇的色光，五点二十分，远方出现一道暗红。身旁举着相机的摄影爱好者在交流曝光值。红线在一点点地变化，像是水墨洇染。远远望去，人群中竟然有不少人举着红旗——就像一支支队伍，正等待着一个庄严的仪式。无人机也升上了天空，眨着绿色、蓝色的小眼睛。

微风拂过，带来了黎明，已经能看到花楸在山崖边擎着穗子般的红果，老槐的黄叶在轻轻飘摇。

人群有了微微的骚动。有人从迷梦中清醒过来，有人想继续往上走，有人调整着衣装。那是带着欣喜、渴盼的忙乱。

三

六点五分，在那道红线上方，云霞由灰变蓝，渐渐地，蓝覆盖了整个天空，连一座座山峦也被蓝熏染。这种蓝持续了很久，让人以为整个世界再也不会改变颜色了。此时，太阳还被包裹得严严实实，还在沉睡，它在等待隆重的诞生。

不知从何时起，深蓝在变浅，浅蓝变黄，黄中掺和了些许绯红。红与黄在扩大其势力范围，直至扩张到半边天宇。霎时间，万朵云霞在翻卷，在飞升，风尘弥漫。渐渐地，一个褶皱开裂，太阳从天际线上露了出来，开始只是它的眉眼，而后一点一点地扩大，最后是一整个浑圆的蛋黄，是深沉而纯正的中国红！正当人们沉浸在这激动人心的一刻，那轮红日又发生了变化，它在渐渐地变成金色。与此同时，似乎伴着轰鸣的乐声，硕大的红日放射出万道光芒，直搅得四海翻腾，五洲震荡。这一刻，时间仿佛静止了，人群也寂静了下来。

这就是泰山日出！霎时，有人欢呼了起来，有人舞动着红旗，更多的人举起相机、手机。对于静候了一夜的人们来说，日出就如一枚光彩夺目的勋章。

我曾一次次来泰山，仰望它，亲近它，抚摸它，跪拜它，然而只有在今天，我看到了泰山日出！被众人发自内心的快乐所感染，我也禁不住朝着山那边呼喊，声音顺着起伏的山脊飘向远方。

太阳还在以最美的姿态上升，云海的万顷波涛簇拥着它，那是层层叠叠的黄，浩浩汤汤的红。整个天空，成了金碧辉煌的宫殿。

此时已经能够看清身边的每一张笑脸，好像花儿，一夜间全开放了。每一块山石呈现出凝重庄严的色泽，带着壮志凌云的气概。

那位年轻的妈妈抱着已经醒来的孩子，孩子的小脸被太阳映照着，红彤彤的。刚才还在打盹的女孩神采飞扬，举着手机与友人视频通话："看见了吗？看见了吗？"

远远望去，众山澎湃，似乎处于洪荒之中。泰山以它博大的襟怀，拥着无尽的青绿。远方是大汶河，更远的远方是黄河。山上，见证帝王祭拜的石头还在。人只是历史长河里的匆匆过客，千古回响的，是"会当凌绝顶，一览众山小"，是"天门一长啸，万里清风来"。

山层层叠叠，似乎每一层的色彩都不同，由暗，渐渐至明朗。树木的色彩也不尽相同，有的飘着黄叶，有的青翠依旧。时不时有几声鸟儿的鸣叫，从泰山深处传来。天低得出奇，<u>丝丝</u>云朵在山峰上飘荡，如锦缎，挂得哪里都是。

这时，突然有人高喊："日出泰山，国泰民安！"随后，人们跟着呼喊，一声高过一声，声音雄浑有力，在山间回荡盘旋。

"一峰高耸隘乾坤，宇内名山此独尊。"泰山是中国最雄伟的山，也是最中国的山。有人将它说成是神山，有人把它视为圣山，它处在太阳升起的东方，因而"五岳独尊"。它以其雄壮和威严屹立于天地间，承载着数千年来的民族信仰和民族精神。在中华儿女心目中，泰山是独一无二的，它赋予我们"重于泰山"的价值取向和"泰山不让土壤"的宏大格局。因此，泰山日出也成为中华民族的一个文化符号。

下山时仍看到不断往上涌的人流。日出所带来的每一天都是新的，人们迎接这新，享受这新，感怀这新。

觉得心魂都留在了山上。回想起泰山日出的美好，不禁闭上眼睛，眼里仍存了无限的辉光，那光是红润润的、黄灿灿的、明艳艳的。再次睁开眼，整个世界似乎也变得更加明亮了。

巴颜喀拉

一

巴颜喀拉，当这个陌生的词语第一次撞进我的视线的时候，我就感觉到了它的亲切。它竟然同我身边的一条大河紧密相连。那滔滔滚滚的一莽浑黄，如何从一座雪山流下，千万里奔涌？那是一种崇敬的感觉，憧憬的感觉，一种遥不可及的感觉，它很快就由儿时的课本存入了我的记忆深处。

巴颜喀拉，它像一首诗的名字，它该当这奇妙而美丽的名字。

总以为那是一座很具体的山，具体到能够想象它满身白雪铠甲，昂然独立，峭入云端的形象。当对事物已经形成一种认识，那根深蒂固的认识，总是会颠覆无数试图改变它的可能。

真的是不到这里，不知道山之高，不知道天之大，不知道原之广。原以为很快就能看到那座心中的神山，不就是高高地耸立在一片凸起之间？但是不是，那不是一座独立的高峰，那是一列山脉，是一片连绵不断的凸起。层层叠叠，无限往复。让你觉得永远都无法翻越。

巴颜喀拉，它竟然从西北向东南绵延1500里，而大部分地区海拔在4000到6000米之间。整体上的地势高耸，雄岭连绵，构成一幅十分恢宏的景象，显现出不动声色的大手笔。

这才是众山之祖的风度，众山之祖的尊贵，众山之祖的气势！

正是这种高原上排兵布阵的大手笔，巴颜喀拉一年之中竟然有八九个月的时间飞雪不断，冬季最低温度可达－35℃，而且空气稀薄，许多5000米左右的雪山有经年不融的皑皑积雪和终年不化的冻土层，即使我来的八月，最高气温也不过10℃左右。

二

我在青海省的地图上很容易地找到了巴颜喀拉，它是昆仑山脉南支，西接可可西里山，东连岷山和邛崃山，整个构成一道绵延不断的隆起，而雄伟的巴颜喀拉的作用，在于它成为长江与黄河源流区的分水岭。

它的北麓约古宗列曲是黄河源头所在，南麓则是长江北源。于是便出现了"江河同源于一山"的说法。尽管有将长江的源头归为唐古拉山和昆仑山之间，但是在长期的影响中，人们还是不能抹去那种久远的定论与传说，我学的课本上，就是将两条大河的源头都归为了巴颜喀拉。

一山出二水，这是多么重大的担当。即使后来要被分走一水，生活在这里的人还是明白，在巴颜喀拉这广大的区域中，无数终年积雪的高山峻岭，处处是冰川垂悬。只在强烈的日光照耀下，有些冰雪才会消融成水，汇成溪流，而那些溪流分不清到底有多少，到底哪一条归向了哪里，先前的定论不也是考察的结果？也就是说，不可能到这里就能看出明显的一条流水。那么，后来的科考要将长江之源从巴颜喀拉拿走，也并不影响这座山的沉厚与神圣。

古代称巴颜喀拉为"昆山"，又称"昆仑丘"或"小昆仑"。《山海经》曾有记载："昆仑墟在西北，河水出其东北隅。""出于昆仑之东北隅，实惟河原。"可见从我国远古时代，人们就已认定巴颜喀拉山为黄河的发源地。

我一路上想，如此雄伟高耸的一列山脉，横挡在西域与内地，那么，古代的吐蕃人要想去往内地，或者内地要到达青藏高原的深处，就必然要翻越巴颜喀拉山。

好在聪慧而勇敢的古人找到了一处最佳的翻越处，那就是山脉中部鄂陵湖以南的巴颜喀拉山口。

只有山口才能通路。

我们的车子正在翻越这道山口。大马力的车子还是费力，不停地轰鸣着，一次次变挡，一次次加大油门。有时候觉得它已经气若游丝，还是喘吁吁地一点点翻上了一道陡坡。而人在车上，真的是绷紧了神经，同它一起使劲。在这里只能加油，不能泄气。

在这样颤颤抖抖的努力下，车子终于一圈圈地翻了上去。

在高处再回看那条曲折如布带的山道，已经落满了雪，飘飘逸逸似洁白的哈达，悬在神圣的山前。

我的内心充满感怀，这就是我刚才翻过的地方，原来再高的山上，也有雪的飘洒。原以为雪早已凝固，凝固在亿万年之前，却原来雪还能在这样的地方变活，变成纷扬的舞，同我所在的中原一样。只不过这里最早承接了它的降落。

我为我幼稚的想法笑了，就像我先前以为，这一片高原，上边的石头同中原的石头是不一样的。到了这里看，没有看出什么不同，也是该圆的圆，该尖的尖。

三

海拔4824米的巴颜喀拉山口，它两边的山峰，应该在5000米往上。这里离天尤其近，一块块白云从头顶飞过，伸手就能抓住一块似的。

天如此的蓝，蓝得如湖水倒映。云又是如此净洁，像是刚从万年冰挂拉丝出来。甚至感觉连风都晶莹透亮，湿漉漉地吹在脸上，立刻如粘住一般。

　　"纤尘不染"，只有用在这样的地方才最合适。

　　看不到一只飞鸟，鸟们可能感觉飞不过去吧。在山顶也看不到活物，一切都是沉寂的，只有微动的云和烈烈的风，让你感到地球还在运行。

　　道路的两边，有高高的玛尼石堆。让人想，就是再艰难，藏民也要将自己的虔诚献上。还有神圣的经幡，五彩的条幡发出呼呼啦啦的声响，同远处常年不化的白雪形成反差。不知道谁将它们竖起来，如何竖起来。而后不断地有成串的彩旗挂上去，彩旗印满密密麻麻的藏文咒语、经文、佛像或吉祥物。

　　那些有序扯起来的或方形或角形或条形的小旗，苍穹间迎风飘荡，构成一种连地接天的境界。

　　我曾问过文扎，文扎说，经幡也叫风马旗，音译就是隆达，"隆"在藏语中是风的意思，"达"是马的意思。藏民认为雪域藏地的守护神是天上的赞神和地上的年神，他们经常骑着马在崇山峻岭、草原峡谷中巡视，保护雪域部落的安宁与祥和，抵御魔怪和邪恶的入侵。所以在布条上，印一匹背驮象征福禄寿财兴旺火焰的马，也就是"诺布末巴"。

　　文扎说，在藏族人心中，五色风马经幡的白色象征纯洁善良，红色象征兴旺刚猛，绿色象征阴柔平和，黄色象征仁慈博才，蓝色象征勇敢机智。

　　文扎他们从车上拿了绣着吉祥图案的缎布和哈达，到离山峰最近的地方去了，那里的风更大，也更寒冷。

　　远远地看到他们几位在那里祷念，彩色的缎布和洁白的哈达被挂在了高高的经幡上。而后他们手中的风马旗一片片飞升起来，一个个口中念念有词。那些小纸片，一时间随着山口的狂风，飞撒成漫天的花雨。

我往前走了几步，身上的防寒服被强烈的寒风吹透。

空气稀薄，呼吸急促，站立在蓝天和雪山下，站立于经幡旁，会感到人有时很渺小，有时也很高大，我何尝不是垫高了这里的海拔？

呆呆地望着这道山口，望着直插苍穹的山口处的高峰，很难想象，亿万年前，这里曾经是一片海底世界，它躁动着各种可能，但绝不会想到会躁动成今天的模样。大海退去，高峰涌起，涌成了高不可攀的世界屋脊。所有的石头都经过海的浸泡，所有的石头都曾经是最黑暗的一分子。现在，它们裸露着，坦然于风雪，高耸于天地。

而这里，就是西域连通内地的唐蕃古道的必经之地。

公元7世纪初，吐蕃赞普松赞干布统一了青藏高原的各个部落，与当时的唐王朝建立了友好关系，并多次向唐王朝请婚。这就出现了历史上一位伟大的女性——文成公主。贞观十五年，也就是公元641年，唐太宗派出一支隆重的车队，护送文成公主入藏和亲。以后，唐朝又遣金城公主入藏，嫁与尺带珠丹。公主入藏及唐蕃通使的隆隆车辇，就是经由巴颜喀拉山口前往吐蕃都城。

当年，按照精心计划的行程，文成公主正月从长安出发，走到这里，正是草原上鲜花盛开的最美季节。越过巴颜喀拉山口，地势就越走越低，氧气也越来越足。

从长安到吐蕃，一路辗转艰难，多少天日，风霜雨雪，凛冽的寒风中，粼粼车马走过这里，文成公主下车了。

还是在山下的鄂陵湖和扎陵湖，迎候在那里的松赞干布为她举行了声势浩大的欢迎仪式。像两只天眼的鄂扎二湖，晶莹碧透，湖边排开彩色的帐篷和欢乐的歌舞。松赞干布以草原最高的礼节，迎接尊贵的文成公主。这是文成公主第一次领略到草原的胸怀与热情，那么，她也要以大唐帝国的胸怀，将身负的责任传递下去。她知道一个弱女子的行为，将决定一方水土的世代安宁与祥和。

她表现出了大唐公主的大方与磊落，同样热情地接受了松赞干布的友好。面对远处的一列山峰，她仰望了好久。松赞干布告诉她，那就是巴颜喀拉，是雪域百姓心目中的圣山。哦，一路上看到的那道巨大的屏障，现在终于要从它上面翻过去，翻过这最艰难的路段，就离吐蕃都城不远了，就会结束这漫长而艰辛的行程。

在巴颜喀拉山口，文成公主下车了，大唐公主也要入乡随俗，她在高矗的经幡处献上吉祥的缎布和哈达，抛撒一片片风马旗，以表示对巴颜喀拉的景仰和吐蕃的爱戴。她的举动，感染了周围的人，包括威武豪壮的松赞干布。人们也跟着她舞动起手臂，让巴颜喀拉一片辉煌。

车队再次启程，隆隆越过这横亘在吐蕃与内地之间的巍巍山峰。

文成公主与松赞干布和亲，带去了不少汉族人的生活习俗，并且带去了茶叶。自此吐蕃完全接受了大唐的这种优雅的叶片。他们将这种叶片、酥油和盐巴一起放入锅中烧煮，便有了酥油茶。这种酥油茶成为藏族人除食品以外的主要饮品。可以说，文成公主不仅是和亲的具体实施者，还是一位文化使者。公主到达雪域高原之后，就有了"一半胡风似汉家"的说法。

我站在巴颜喀拉山口，望着起伏的雪山峡谷，似乎还能看见那隆隆的车队和猎猎彩旗。历史就那么远去了，一代代的人走过这巴颜喀拉山，巴颜喀拉山却还是这样，经年飘着皑皑白雪，刮着冽冽山风，独立于世。

四

巴颜喀拉，蒙古语意为"富饶青（黑）色的山"，文扎说藏语叫它

"职权玛尼木占木松",意为"祖山"。看来藏族人最早对它的认识就是众山之祖,而大河之母出于众山之祖,就是对的了。

黄河的源头在麻多,那是玉树州曲麻莱县的一个乡。但是我们走的大部分区域都在果洛州的玛多草原,也就是玛多县域。这实在是让人糊涂。如果不看字,只听音,就是一个地方,看了字才知道麻多和玛多其实不是一码事。

文扎说,果洛在大的区域内属于安多地区,而麻多接近康巴地区。文扎还说,麻多和玛多,翻译成汉语都是"黄河的源头",就是写法不同,用藏文来写这两个地名,麻多和玛多也是一样的。

我对于区域是糊涂的,但是我在这里明白一点,就是一个麻多乡的地域,十分广大,那不是内地的乡镇,走不多远就到了另一个乡镇,麻多乡的地域,甚至比内地的一个市县还大。

在巴颜喀拉,人们对于黄河源头始终很难确定,因为很多的山麓都有水流,先确定的卡日曲,是从麻多的智西山麓流出,后来确定的约古宗列曲,是从雅拉达泽峰东面流出,这两座大山都是巴颜喀拉的支脉,属于古老的玛多草原。我查了百度百科,上面是这样说的:"黄河发源于青藏高原巴颜喀拉山北麓海拔4500米的约古宗列盆地。"还配有图片,图片的说明是"约古宗列——黄河正源"。

去约古宗列曲比去卡日曲还要远,路上文扎停下车子,等后面的车子跟过来,说拐向另一条路就是卡日曲,要先去卡日曲,再去雅拉达泽峰,可能天就黑了,路上的情况很难确定。大家商量后同意文扎的意见,先去约古宗列。

约古宗列曲与卡日曲中间只隔着一座大山,但是要翻越这座大山,并非易事,还有漫长的路要走。到卡日曲的人相对多一些,牛头碑在那里。约古宗列就成为一个向往,很多人无法到达。听说这两年去约古宗列的人多起来,说是多起来,路上也没有碰到一个。

我们说的雅拉达泽峰，位于巴颜喀拉山西端，海拔5214米，"雅拉达泽"藏语意为"牛角虎峰"，雪峰拔地冲霄，极像长了牛角的虎头。雅拉达泽峰统领着雅拉达泽雪山区数十座海拔5000米左右的雪峰，可想其壮观的景象。这片雪域，是三条大河的分水岭，现代冰川十分发育，成为各大河流取之不竭的水源。雪山东侧的水网汇成黄河，西侧发育了长江上游通天河系，北边是内陆河格尔木河的源头水系。

我无法看清这片群峰耸峙空气稀薄的严寒雪域的真实面目，觉得它已经是世界的尽头。

黄河源头就在雅拉达泽峰的怀抱里，其四周都高，唯有那里是低洼的，所以叫约古宗列，意思就是藏民用的锅的底部。要到达这个"锅底"，还真是不容易，不知道要翻越多少道山岭，曲折迂回，过坎越涧。而你必须要想着，这可是在海拔四五千米之上，实际上就是在巴颜喀拉山脉中穿行。几乎没有什么道路，有的只是牧民与牛羊走过的并不明显的小道。是的，再高再艰险的地方，也有生命生长。

在这群山连绵的巴颜喀拉山脉中，我竟然能看到山的皱褶间偶尔出现的斑斑黑点，黑点中夹杂着白点。我知道，那就是被人们称为"高原之舟"的牦牛和举世闻名的藏系绵羊。巴颜喀拉的雪线以下，生长着大片牧草和灌木，是高原草甸动物群落的天然良园。

我曾经遇到过骑着马儿的牧民，他们黝黑的脸上有着两个暗红的小太阳，那是高原留给他们的印记，但是他们乐观而自在，高嗓地吆喝着他们的子民，放声地唱着自编的曲调，他们就是这片山野的主人。

我还见到过藏包前的女人，那是跟着男人一同放牧的妻子。她们守着藏包，守着孩子，让一缕孤独的炊烟袅然飘起。而她们自己却没有孤独感，幸福就是陪伴，幸福就是这无边无尽的大山，是大山中的一天天一年年。

不要单单去想巴颜喀拉的冷峻，其实它同我们中原的山一样，饱含着温情。在巴颜喀拉广大的怀抱里，雪山绵亘，冰川逶迤，湖沼广布，群泉出露。仍然生长着松柏和云杉，并且生长着虫草、贝母、大黄等名贵药材。而野驴、野牦牛、藏原羚、岩羊、白唇鹿、黑熊、狼和雪豹，更是出没于山林雪原。在它碧绿的湖水中，有着高原特有的二十多种鱼类。也就是说，这绝不是一片冷酷无情的区域，是有血有肉的可亲可感的境界。

约古宗列之地，甚至是舒缓的，起伏得十分自然，没有让人有一点惊惧的感觉。那么，你将它视为仙境，它就是仙境；把它看作凡间，它就是凡间。我想，体会最深的，就是那些常年生活在其中的藏民。

我已经进入了巴颜喀拉的深处，这片地域实在是太高，高到让你感受不到你的所在，就如你远远看着一座高耸无比且十分陡峭的山峰，上去才知道有那么多的平缓地一样。

在黄河源头约古宗列曲，我再次看到了那高高矗立的经幡。似乎那种五彩缤纷，是天生的，天生就屹立在无人知晓的天界。

五

文扎他们还站在那里，文扎的大胡子粘了一层的雪粒，沉重地随着经幡飘展，那个塑形非常严肃。

他们那么长久地对着一座山一座经幡，一定是抒发不尽内心的虔诚。他们是懂得经幡的，每一个生活在这里的人都会懂得。我尚未完全知晓，但我能感觉出它的表达，那该是人类不屈不挠的象征，是人类对于高山雪峰的祈愿，是俊美山川的突出展现。

雪越发大起来，飘飘洒洒的雪粒，带着"沙啦啦"的声响，似山体在轻微地颤动。随即又变作棉花样的雪团，一团团纷扬了整个世界。

巴颜喀拉，随着雪在舞动，或者说，与雪融为了一体。

太行大峡谷

一

我正在去往太行山的八泉峡。

八泉峡却不大好见,要先体验过山车般的艰难。无数的盘绕,无数的翻卷,才猛然间一个大怀抱,把无数惊艳抱在里边。那可真是四围山峰挤压,八方云气漫卷,使得一个个来人仰起脖子,嘴里发出声音。再往前,钻洞过涧,猛然一汪深蓝!声音终于变成了惊叫。

大大小小的惊叫,都被扔出峡谷之外。最后张开的嘴巴,哑然失声。

当碧水遇到峭崖,就成为北中国最奢华的盛宴。我已经出现了视觉颠倒,觉得直上九十度的峡谷是一框巨大的太行之窗。水的窗帘在徐徐拉开,碧蓝的帘布上,缀着飘渺的云霞与明暗的天光。

壁立的石峰,我的惊讶一点点爬上去又掉下来。这是所有的石头的聚集,不,是所有的石头聚集后又被重新挤压,重新锻造,重新削斫。石那么宽,那么厚,发挥想象也想不出到底有多宽多厚,反正让这太行隔出来山西与山东,连带着隔出河北与河南。一山隔着的人,也都是以宽厚相交,以宽厚称颂。

水波撞向山崖，撞得八面开花，却一波复来。没有谁能阻挡住水，水有的是深沉与激情。峡谷间，有的源泉从壁端的岩洞泻下，有的从谷底的溶洞喷出，有的自石隙间横溢，有的从树根处渗漏，最终汇成八道水，汇成六十米深的清流。清流中长出莫大的石笋，石笋一个个往上蹿，蹿成直插云霄的峡谷丛林。

望着的时候，又觉得那些水是巨石砸压出来的，巨石太重，结结实实砸向大地，砸得水花四溅，砸得欢声四起。你就听吧，到处都在响着回声，你已经弄不明是水的力量还是石的力量。这是水与石的诗章，是石与水的奏鸣。它诠释着柔软与坚硬，表达着向远与向上。

望着的时候，就想吼一嗓上党梆子，让那粗犷与豪放在峡谷间来回撞响。

二

谁说这里抬头张家界，低头九寨沟，那么就弃船上岸，走走这长长的时光隧道。

岸上看水，竟然有虹鳟鱼在游戏，一条条地要么接龙，要么独耍，把水立体地解析出来。

树在接力地往上长。一株株崖柏和红豆杉，尤其显得身手不凡。不时有连翘从崖壁上垂下，将一串串黄，递给扫来扫去的风。党参也在摇着白色的铃铛，党参因上党而名，自古这里的党参就是上品。

小小的睡莲，一个个团着身子，还在水中长睡不醒。外来的红蜻蜓，来来回回拉着直线。蓝色的蝴蝶，把蓝抖成了弧形。怎么还有苇，在浅滩上跳着群舞。哪里起了蛙鸣，没有看到身影，却有一群蝌蚪，聚成墨色的莲蓬。

踩着八道水中的石头逆流而上，攀悬崖上高岩，过龙洞再过朱砂洞，就感觉天际越来越远，渐渐远成了一线天。峡谷在收窄，两侧峭壁就要合起来，水流被挤得急速涨高，眼看天地昏暗，无处可逃，却发现崖上一条栈道，紧忙手脚并用，攀援上去。岩石上有凿出的石窝和把手，还有高处垂下的藤蔓，可做荡索摆渡。悦悦说这叫九栈道，段段惊险，要格外小心，踩稳抓牢。真让人一忽屏气，一忽惊颤，眼看自己的影子，慌乱地掉下崖去，人却还留在上边。

听见鸟儿的鸣叫，"恰恰"的音声荡来荡去，最后在哪里消逝。

拐上一个斜坡，激流正将一处处岩石冲成漩涡状。像是在做壶，且是流水线作业。一个个壶都是半成品，多少年过去，还在细致地打磨。一道道回旋，一道道亮闪，不怕不细润。

另一处山体，是水带着石块在石凹里打转，直到将石壁磨穿钻出。钻出去的地方，水变得丝一般光滑柔曼。

忽而一处山泉，从平整的岩石层涌出，如纱机吐出的布幔。悦悦说，这样的山泉已经过山体自净，富含多种矿物质，可以直接喝。有人立时就伸了脖子。

好容易到达八道水发源处，峡谷猛然宽阔起来，东侧绝壁露出黑龙洞的威严。

悦悦说，如果坐缆车可以一览众山。那是一个峡谷之上的世界，辽阔、奔放、沉静。放眼望去，苍翠的油松在推波助澜。云气被它们一点点推升，而后泻向一道道山谷，山谷满了，又翻上来，变成淡蓝的飘带。

悦悦满心都是八泉峡的好，问起来还是个实习生，却将热爱做成了金牌导游。一路跟着她，地上走、水中游、天上瞰、云中行，最后再乘三百米直立电梯落到地面，真是来了一个地上天上的大回环，像亲身感受谁在泼墨挥洒，将奇峰异谷、流泉飞瀑挥洒成一幅旷世长卷。

三

  亿万年前，这里还是一片海，躁动的海在翻涌，直到翻涌成今天的模样。造物主要留给中原一个神奇的屏障，以制造某些豪情与志向，感慨与诗章。公元 206 年，八泉峡不远的峡谷间，来了一队粼粼车马。曹操率大军一路驰骋，到了这里却不由得慨叹："北上太行山，艰哉何巍巍。羊肠坂诘屈，车轮为之摧。"又过多少年，经历过蜀道难的李白豪情满怀地来了，那个遗世独立、洒脱飘逸的灵魂，竟然在这里也有了苦楚："北上何所苦？北上缘太行。磴道盘且峻，巉岩凌穹苍。"

  这里有人生的大书，随便翻开一页，都是一段警世恒言。

  这里是太行山的腹地，是太行山的精髓。居住在此的太行山人，用坚硬的石头做碾，做磨，做石滚，做成世世不灭的生活，也做成生生不息的性格。早在 1938 年，八道水发源处就建立了兵工厂，支前、参军当模范，太行山上，始终昂扬着民族气概。

  秋天还没来，有些树已经红了，一片片地渲染了这个初夏。高处看到，麦浪正在山的那边泛黄，如若将画幅再放大一些，就成了八泉峡的另一种色光。

  我想，八泉峡是八扇屏，屏蔽之间，有幽之意味，画之妙境；八泉峡是八卦阵，沉入其中，如入迷宫；八泉峡是八面鼓，沉郁紧凑，激越浑厚；八泉峡更是上党人的八段锦，"左右鸣天鼓，二十四度闻。微摆撼天柱，赤龙搅水浑"。

  没有谁能一下子消化这些深沉，这些荡漾。这里没有杂质，只有纯净；这里没有污浊，只有透明。真的，梨花月，烟花雨，寸断柔情泪，不如来这太行大峡谷走一回。

  黄昏降临，夕阳以它庄严的表情，将这片山水做成一道黄金如意。

车子慢慢下山，仍旧是迂回盘旋无限深远，觉得是离开了一个虚晃的幻境。

谁在唱歌子："最好不相见，便可不相恋；最好不相知，便可不相思……"

哦，八泉峡，此次一遇，将永生难忘。

苍莽尧山

一

人们历来视牛为祥物，用它负重，用它伴农，用它镇邪。中原大地横卧伏牛一山，可谓卧得雄浑浩阔，蔚为壮观。尧山位于八百里伏牛脊顶，更是拔山盖世，气薄云天。

夏代，刘累在山上祭尧时，阳光也像今天这样绚烂，绚烂的阳光顺着烟霞冉冉上升，也带动整座山升腾。山上的叶片，红花般次第打开。大雁正在飞过，百兽欢鸣。欢鸣的还有千瀑万珠，汇成滍水翻涌。一时间日月同辉，天地澄明。是的，那就是尧山隆重的命名。

登尧山，如读一部大书，你能读出远海的浑黄，读出浑黄中的裂变与碰撞，读出伏牛的最后一次回响。你看到一个族群站起身来，那个叫尧的人，立于天界，神情凝重，他派羿去射日，派鲧去治水，他让一切变得有条有理。

气象宏大的尧山，是尧最好的象征。

进入尧山，就进入心灵的圣域。尧不知以后，所以退到以后之外；尧山不知喧嚣，所以站在喧嚣之外。尧不存在傲慢与偏见，尧山亦然。都是大彻大悟，超绝于尘，昂然于天。

二

在尧山的语境中，总是会悟到修为与造化。从高处看，或就是一座奇妙的盆景。尧心内的山水风云，丘壑松涛，全集中于此。盆景里有树，树会变成风，想怎么吹就怎么吹。山石变成浪，扑腾无限远。有些树长在山尖上，拔石而起。石供养着树，树升华着石。一棵树，竟扭成了"寿"字的不老松。

悬崖绝壁是尧山的特产，好容易攀上这道崖，对面还有一道崖悬在那里。

转过来，又一声惊叹，气宇轩昂的柱石如将军列阵。这样一群将军，哪一个出来单挑，都能在伏牛山中称雄。站立最高的，莫不是尧与他的侍从？

十万朵云在天空飞过，一些撞在山上，撞成破棉乱絮。霞从石缝拉丝出来，将棉絮缠绕。前面又是什么云？一股脑栽下断壁，变作百丈仙瀑。那么多的瀑，即使诗仙李白来，都不知该对哪一处感叹。

溪水聚成大山的深情。黑龙潭、白龙潭、百尺潭，潭潭清明，白云在其间浣纱，青峰在其间塑形。

山势分出无数层，像一弯弯眉影，每一弯的明暗都不同。秋沿着峭壁逶迤铺展，岩壁一下子全红了。每一片叶子都激情灵动。其间还有柿子、山楂，晃着酸甜的红灯笼。

山口处，风笛劲吹，箫管悠扬。断崖上一座桥，一个人不敢独行。

飞云栈道，落叶如羽。有人把喊叫扔进山谷，又被山谷抛回来。笑声投进去，却被山溪带跑了。

偶尔有雨落下，滴滴笔墨，把叶子的细节描得更清。山道上，女子打开的伞，也像一枚叶片。一枚枚摇动的叶片，摇动了尧山的风情。

尧山的底色是多层次的。大片的高山杜鹃，五月底前开红花，五月之后开紫花，现在叶子在发挥作用。尧山人说，还有洋槐，你四月里来，漫山遍野的白。

　　翻过那座山，看到苍莽的楚长城，长城同山一起，成为一方水土的屏障。长城下一条蜿蜒小路，可达洛阳。小路周围是茂盛的柞林，一代代的蚕在青葱岁月吐出鲁绸的繁华经典，谁说古老的丝绸之路，不是由此铺展？还有鲁山花瓷，以这山脚的水土烧制，成为倾心迷恋的经典。

　　小路翻过远处的隘口看不到了。一场雪，等在隘口之外。墨子必是那个时候走来，对应着一片银白，对应出一片泛光的思想。

　　哪里响起钟声，佛泉寺还是文殊寺？钟声响了数千年，数千年的银杏还在往上长，金黄的音声里，金黄的叶片漫天飘扬。

　　多少年前，人们在这飘扬中发现了激涌的泉林，一百多公里温泉带，升高了尧山的幸福指数。

三

　　登上玉皇顶，千山涌怀，万壑赴野。金角碧檐的尧祠，烘托于一片云海中。

　　不知道尧是否也说着乡音，但墨子一定乡音浓重，他沉郁而好听的声音八方回荡。回荡着尧山全部的深阔与奥秘。一座山，已经不是单纯的地理概念，它成为精神的某种指向，从这个指向上，能看到人类的整体世界。

　　雨停了，云团在四处狂奔，阳光从云间喷射出来，秋山瞬间喷上一层彩釉。阳光射入河水，射出五色的叶片与群鸟的翅膀。

　　尧山的庄严与亲切并存，豪放与柔情并蓄。它属于中原，也属于世界。

偷了城里的时间，到这山上游走，如从尘世到仙域，游走出阵阵惊艳与觉醒，释放下种种沉迷与负重。下山时，脚步变得轻盈，意识却变得虚蒙，以为是谁施了法术，将尘身掏空，变成了一副清纯干净的魂灵。

火山上的生命

在这块土地上，曾一次次发生过火山的喷发，那火红的大口，曾有十四个之多。其中的一次喷发是老黑山，距今二百九十年的康熙年间，更近的是在其后两年的火烧山，那是这一片火山喷发的谢幕之作。天地猛然翻了个个儿，昏黑一片，艳红一片。火山弹疯狂地散射，石河岩海狂泻而下，瞬间截断畅流的乌德邻河，形成了连珠串玉的堰塞湖。当一切都凝固之后，改变了无数模样的地方被叫作了"五大连池"，那是一片山水世界。

五大连池对火山区来说，真可谓天然绝配，而二者又是造物主给我们留下的旷世杰作。山水地质，洞穴奇观，矿泉资源，生命植被，无不使之成为世界级的向往之地。

渐渐看到了火山口冷固而成的山形。有的皇陵一般，傲视四方；有的像一个笔架等待一支神笔；有的则似少妇刚刚喷涌了乳汁，尚未掩上怀抱。

我不知道我来的这个时候五大连池会不会突然开花，变成新的"五大连池"。那样我也会成为一颗沙粒，一瞬间滚烫地发光。但是在我写这篇文字时还没有什么迹象，倒是五大连池真的像一朵朵莲花，于蓝得透亮的水中，开出灿然的景象。

在龙门石寨，可以看到从高而下的火山石的河流，似是一声巨响，山崩石裂，一个巨口在仰天长啸，喷吐出一块块巨石。巨石顺着溶液在流淌，所过之处，腾起万丈云雾，五十余平方公里的石寨，让人叹为观止。

近距离地走向火山爆发的境地，我似乎感到，这里起过大风，随风满地石乱走，一川碎石大如斗。这里上演过大江放排，一排排原木还拥挤在河道里。这里是大型纺麻场吗？新纺的一盘盘绳索堆放在一起，那些粗壮的绳索足以拖动一艘艘万吨巨轮。

这里那里，深翻的黑土地。倾倒的矿渣。飞碟。沥青块。乱发飘摇。朝天喇叭。爬虫四起。猿人猛然跃动。群象过河。熊在狂吼。乱蛇狂奔。

而我听不到声音，所有的声音都凝固在那里，包括所有的滚烫。我甚至不敢轻易去摸一块石头，我怕被烫伤。

顽强的生命还是成活在这块土地上。绿色像铁锈侵蚀到了所有能侵蚀到的地方，它们或许不知道会存在多久，它们只是顽强地表示着自己的存在。

青灰的山石蕊就从那些熔岩间钻出来，在浓重的坚硬中展示一小片颜色和温柔。绣线菊出现在了松散的火山砾上，粉色绒绒地迎风。茎秆长长的胡枝子也是铺排得到处都是，摇曳着紫色的光焰。

有一种花，叫百里香，开在滚烫后冷却的夹缝中，飘出繁星一样的小紫花，远远看去，就像南方刚翻犁过的田地里的紫云英，你总在不经意间看见。丝丝香飘，沁人心脾。远远就闪亮于视线的，是高高摇曳的珍珠梅，当地人叫山高粱，一股东北人的性情，在火山口尽情地唱。还有一种擎着一串串豆粒的花果，由于可以用来治疗外伤，被当地人称作接骨木，一片片红色的接骨木是要接起那些破裂的伤口吗？

更多的是苔藓和地衣，它们爬得到处都是，暗处铺展着浓绿，明处闪亮着鹅黄。或许会因曝晒而干枯，但只要一阵雨，就会一片翠绿。摇曳的各种野花，散发出郁郁葱葱的芬芳。那芬芳的花语，我似懂非懂。

这里还长出了一种植物，像杨树，却不高大，在那些石海、石河的缝隙，甚至喷气碟的碟蕊里，昂扬而出。有些仄歪着，有些已经倒下，但更多的直立着，扬着生命的绿。一片片的，扬了上百年。风过处，响起一片快乐的巴掌，因是火山区里生长，它们就叫火山杨。还有白桦树，还有落叶松，种子被鸟儿带来，发芽生根，渐渐长成一片森林。

上到锥顶，风声聒耳，无论哪个方向，视野都是舒心的开阔。尽情地看，也看不到尽头，那是美丽的嫩江辽阔的平原。五大连池的清澈在其间悠扬婉转，晴空下，山河恍惚成一景梦幻。

脚下是巨大的火山口，此刻会猛然间射出那雄壮的震撼吗？

一只只彩蝶，黑的，红的，花的，在眼前婆娑，越是火山口，蝴蝶越多。不知为什么，起先我没有看清楚，火山石上，植物上，小路上都是，翩然一片，如气如岚。蝶恋花，难道是火山口这朵巨大的花朵的吸引？蝶不避人，在你的身前身后缠绵缱绻，像一群火山的形象大使。有的竟然落在哪个女孩的发梢上，抖抖地增艳，女孩取发卡似的将它取下，展在手里欣喜地叫，而后看着它再抖抖地飘走。还有野鹤，在青天划过一道道弧线，表演高难度动作。

还真有意思，看火山时其热炎炎，汗流浃背，等到看五大连池，便洒了一天云雨，水汽迷蒙。

我似乎看到了人间仙池。水边草绿得像染过一样。还有油菜花，在野性十足地张扬着黄。五大连池，山水相映，溪水相连，山是静止的、凝重的，水是流动的、灵秀的，互相映衬。

行舟走五湖相连的水道，两边长满茂盛的芦苇，蒲草和翠柳，红花紫花拥挤其间。天空低垂，雨丝斜飘，乌云奔突，像在赶场，但这并不妨碍野鸭群集，鸳鸯互伴，紫燕起落。还有黑蜻蜓，一群群地在芦苇丛中飞，似火山石中幻化的黑精灵，不屈不灭。如若不是偶尔露出的参参差差的火山石,你会感觉这是江南的某处。

让我把一河青翠和宁静打个包带回去吧。

越是这样,越显得这块土地的奇特和灵动,它豪爽,直憨,有什么就一吐为快,不藏不掖。而后就还交给生命,让所有能发芽的发芽,能开花的开花。

鸟儿在这景象里飞,太阳和月亮在这景象里升起或落下,庄稼在成熟,生命在繁殖。圣水节上,处处点起熊熊的篝火,达斡尔族、鄂伦春族、鄂温克族人跳起欢乐的舞蹈,歌声四处飞扬。少男少女相互抹黑,火山泥粘得满脸满身都是。在这里,生命是多么渺小,又是多么伟大。没有什么能阻止生命的生长与延续。

苍山漾濞

一

第一次听说漾濞，名字多水，小城一定水气汪汪。果然来自一条江，就叫漾濞江。西洱河、顺濞河、吐鲁河、鸡街河，那么多的水都汇于漾濞江，漾濞江也就成了澜沧江在云南境内最大的支流。

漾濞江在漾濞古城周身绕了好大一个弯，似要将所有的恩爱都呵护于这座朝夕相处的小城。站在高处就会发现，小城在漾濞的臂弯中睡姿很美。你或许还不知道，这城这水，都在大名鼎鼎的苍山之上，海拔差不多有1600米。

苍山是经过20亿年书写的地质之书，为了这个庄严的命名，造物主让山石轰鸣，汪洋退却，尘烟翻滚，天地炸裂。3000多年前的苍山崖画，让我听到石头的声音：葱茏的树木，生活的茅屋，动物的跳跃，人物的奔跑，一个个史前文化密码，告知这里早就有了人类的快乐表达。

进入漾濞，会进入茶马古道引出的秘密，领略民族历史的情怀。

你看，顺着苍山碧水走去，就有一个石门向我们敞开，那巨大而直立的石门，分明是一柄开天大斧，猛然砍削而成。

苍山生出柔润多姿的洱海，却也造就如此宏阔的山门。这是生之门，是山之花，是石之诗。

一道闪电炸过，完成它在石门最美的亮相。风走到这里，出现绝望的断裂，断裂的还有一团云，一半挂在崖下，一半飘去远方。崖端悬着几棵树，完全处在风口浪尖上。不知是哪只鸟，慌乱中把坚毅的种子吐在了岩缝间。

一些树叶子使劲儿张扬，无论怎样，都扬不到上边去。却有一只鸟，像蓝色的箭镞，从乱叶中射向天空，到了崖顶，鸟儿变成了红色，它浴在了一片霞光里。

晚间，当山门落满月光的翅膀，你会发现造物主亿万年前的那次灵感，绝对如李白的一般迸溅。七道云瀑飞流直下，沉厚雄浑，触目惊心。

一般的诗人都过不来，只有徐霞客会看到这种奇观，徐霞客要享尽最后的惊羡，才会回去幸福地闭眼。

一条茶马古道，在深深的峡谷下逶迤而出。没有这道石门峡谷，古道不知要盘绕多少山峰。还有古道边的金盏河，也会迷茫得不知所措。唐代，这里是吐蕃翻越苍山进入洱海区域的必经之地，也是唐军征讨的必由之路，竹林寺还有"唐标铁柱"的遗迹。至宋代，段思平统军经石门，翻越点苍山建立大理国。忽必烈仍走石门，灭了大理国。石门关就如打开的史书，书页哗哗作响。

响得最多的，是马帮汉子的吼唱与驼铃的叮当。沿着碎石铺就的古道走过石门，他们的远方更远，而走回石门，便走近了家乡。家乡的老屋也许不大，屋内的火塘一准烧得很旺。

细细长长的漾濞老街，犹如一道弯眉镶嵌在漾濞江一侧，卵石铺就的街道两旁，多数老建筑风骨犹存，坚守着漾濞曾经的兴盛。小城地处博南古道要冲，内连昆明、大理，外接永昌、保山直至南亚，70公里的驿道穿城而过，脉地、平坡、鸡邑铺、双涧、金牛、马厂、太平，一个个悦耳动听的地名，至今仍保留在沧桑的岁月中。

作为西南丝绸之路的重要驿站，老街接待过数不尽的马帮和商贾，一路辛劳的人们，走进一家家熟悉的客栈与小店，鼾声与酒香搅和在一起，歌谣与月光搅和在一起，构成漾濞老街的独特一景。小孩子学着马锅头在街上一边跑着一边唱："汉德广，开不宾，度博南，越兰津……"

老街一直延伸到铁索桥头。幸存的明代云龙桥下，一江碧水还以昨天的方式，从吱吱作响的桥板下拍浪而过。

清代末期，一位在江边教书的老秀才，在秀岭山巅顿有感触，随口吟出"秀岭孤松东西南北风债主"，待续下去，搜尽枯肠再无好句。数年之后，云贵总督林则徐途经漾濞老桥，沿江远眺，即兴对出那个缺位多时的下联："漾江独石前后左右水冤家"。

站在高处放眼望去，古老的漾濞气质依然，真可谓百里漾江百里画，千年古道千年城。

二

打开苍山西坡的封面，就打开了绚烂的万亩杜鹃，如火的浪漫让你觉得，整个苍山都要被这热情点燃。再往里看，又看到葱茏百年千年的核桃林，便又感到，苍山还是苍山。漾濞人几乎家家种核桃，100多万亩的核桃林，渲染了漫山遍野的苍绿。漾濞人言语间流露着那种自豪，他们说，我们这里是世界"核"心，中国"桃"源。

在漾濞，核桃的丰收就像中原麦子的丰收那样充满喜庆。苍山这边的气候，适宜各样物种生长。2002年，漾濞雪山河滩发现的一块核桃古木，改写了核桃起源的历史。专家测定，早在2.6万年前，漾濞就有了核桃分布。也就是说，当公元前115年，张骞从西域带回胡桃种子的时候，华夏西南的漾濞江流域，核桃林已经繁华多年。

新春除夕，光明村最老的核桃树下，村民们摆上香案，燃起祭火，鸣金三点、法号三通，彝家"毕摩"开始向核桃神灵敬香、敬茶、敬酒。神圣的诵经过后，彝人围着核桃古树踏歌："什么生来一树高，什么春来叶子青？什么开花一条心，什么结果满天星……"

万亩核桃园中隐藏着一个鸡犬相闻的村庄，门前活水潺湲，屋后鸟鸣清幽，核桃铺就的小路引出团团云霞，同炊烟缠绕在一起。

一段大木，竟是榨核桃油的木榨，经过多年实践的人们，把蒸制的核桃放入木槽，奋力用木槌锤打挤压，小槽里便有油水点点流出。泛着釉光的木槌又大又沉，要费很大气力，才能将它举起。

我看到了漾濞家家用过的核桃油灯，那细长的捻子上，总是晃动着一豆灯火以及灯火下的故事。漾濞人舍不得扔掉这些老玩意，时不时拿出来，给孩子讲那过去的事情。

你来漾濞，漾濞人不仅给你尝漾濞卷粉、苦荞粑粑，更会让你品尝那些带有核桃元素的美食：核桃花凉调、核桃荷叶饼、核桃炖猪脚、核桃肉圆子、核桃八宝粥、核桃炖羊脑，还有核桃乳、核桃酒，走时给你带上核桃糖、核桃茶、核桃糕。

漾濞人性情耿直，他们给你敬酒，还要给你献歌，实际上是要你多喝、喝够。那种带点强迫性的豪爽，让你觉得，他们根本就没拿你当外人。你看，他们来了，一排的满杯端在手上，热情喊出胸膛：

阿表哥，倒酒喝，

阿表妹，倒酒喝，

喜欢不喜欢，也要喝。

喜欢了也要喝，

不喜欢也要喝，

管你喜欢不喜欢——也要喝！

三

　　漾濞江一弯弯地盘绕，滋润着石门周围的土地和生命。我看到了云中出没的"滇湎公路"。漾濞人告诉你，别小看这个地方，当年诸葛亮都带兵到了这里，"春日鞭牛，教夷人耕种"，"打牛坪"就是史上留下的地名。这里的人刚毅果敢，没有什么能难住他们。漾濞人口本就不多，抗战时期全县才3万多。可他们举全县之力，不到一年时间，就筑起滇缅公路漾濞段。竹林寺成了护桥的高炮阵地，禅地和正义构筑在一起。同茶马古道重合的滇缅公路是重要的国防线，它与万里长城一样，书写了民族的不朽篇章。

　　他们还会说，这里去年发生地震，震垮了许多房屋，却震不垮漾濞人的意志，他们以极快的速度，在那条古街的另一面，建起了漂亮的新家园，那么大一片，铺排出漾濞人的新生活。还有漂亮的漾濞中学，正在进行收尾工作。

　　想到那句石头开门的话语。石门与太阳一样永恒，第二天，黎明还会如约而至。

　　车子喘着粗气，在野岭间盘旋，盘上去就到了阿尼么。"阿尼"是鸟，"么"是没有，连鸟都没有的地方，可见有多贫瘠。现在呢？核桃树围拢的阿尼么，绿色的水田，白色或黄色的房子，穿着彩色服装的女子，成了展现农耕文明、石头梯田及风情民歌的精美山村。

　　山上的云跟山都有了感情，它们会长久地留在那里，不仔细看，你会觉得它们一动不动，就像大山的围巾。

　　每一个叶片都藏着露珠，也藏着鸟鸣，欢乐在鸟儿的叫声中闪烁。漾濞女孩穿的漂亮衣裳，大都是自己做的，她们从七八岁学习刺绣，后来就为自己准备嫁衣，头巾、服装都要绣上美好的图案。彝族古老的婚俗中，就有"摆针线"的仪式，要把新娘子的灵巧展示出来。

我看见了火，彝人在石山前一代代地旋舞歌唱，释放他们的内心，诉说他们的冀望。

我看到了核桃花，稻穗似的绿色花儿，自带着一种野气。苍山上下、村子周围开得到处都是。这一年比一年多、一年比一年盛的核桃花，让人想到核桃本身那种硬核与坚韧，那就是苍山的精髓，漾濞的气质。有了这种精髓和气质，才会山河为之称奇，日月为之惊羡。

那牵曳阳光的一缕亮腔

一

有哪一个县名,是和一个剧种连在一起的?只有弋阳。弋阳腔因弋阳立身,弋阳亦因弋阳腔扬名。"弋阳"二字本身就很有意味,那么,弋阳腔呢?

终于听到了,那是在一场雨中。很大的雨,似乎要先沐浴才能听曲。满街筒子都是雨水,哗哗的声音充斥着整个场地,场地里已有不少人等在那里。他们从弋阳的各个方位赶来,湿了鞋子,湿了衣衫,一个个却眼睛明亮,心志高昂,等着锣鼓开篇。戏是《珍珠记》,书生高文举与王金贞悲欢离合的故事。据说是百年老戏,2017年才由弋阳腔剧团复排出来。

听弋阳腔的演唱,强烈地感受到它超越地域文化的艺术穿透力和亲和力,让人一接触即被那激越清雅的气质所打动。你看,一个演员在台上唱,幕后数人接腔相伴,如回声般美妙。伴腔也有变化,或众帮,或单帮,整句帮或半句帮,还有无字的声帮,整个舞台气氛活跃,充满民歌风和生活气息,使得人物的表现、剧情的展现增加了感染力。那或高亢狂放或抑郁婉转的曲调,那响脆的锣鼓和昂厉的唢呐,无不动魄惊心。

雨的声音不时从门外传来，场内的观众却全然进入了戏中。八场戏环环相连，紧紧相扣，人们有时叫好，有时鼓掌，有时私下里帮腔，直到遭强权拆分的夫妻在包拯的主持下于公堂团圆，才舒心地出了一口气。演出结束了，还有不少人站着迟迟不走。

二

我来弋阳腔剧团的时候，部分人员正在排戏，排的是新挖掘出来的传统剧目《芦花絮》，是民间喜闻乐见的忠孝内容。江西艺校的孙培君教授和她的老伴——江西省赣剧院导演刘安淇在一句句指导着唱腔。两人也是《珍珠记》的导演。72岁的她和76岁的老伴要在这里待上一个月，帮着年轻的剧团把这部戏拿下来。

接我到剧团的是团长杨康，没有想到这小伙子还是司鼓，在乐队起着举足轻重的作用。来到排练场，他说，你先跟我父亲聊聊吧。

我就和舞台总监杨典荣聊了起来。老杨75了，说话有些漏风，但吐音有力，精神矍铄。喜欢了大半辈子弋阳腔，人老了，还在团里操心。老杨说，弋阳腔是元末明初的时候，浙江的南戏经信江传入弋阳一带，结合当地乡语和民歌滋生出的一个全新地方腔调，后来，昆山腔、弋阳腔、余姚腔、海盐腔被称为"四大声腔"。弋阳腔是高腔鼻祖，京剧、湘剧、川剧、秦腔等四十多个剧种无不受到弋阳腔的影响。清康乾时代，内廷都以弋阳腔和昆曲为主要演出曲目，乾隆五十大寿，点的就是弋阳腔。弋阳腔是20世纪日渐凋零的，以致申报国家级非遗时，不少人还质疑它的存在。

排练休息时，我见到了《珍珠记》中扮演王金贞的徐小芳，这位1987年生的鄱阳人，读初二的时候上饶艺校去招生，就进了艺校。四年后毕业，考到了新建的弋阳腔剧团。"这个团是新团，年轻人多，同学多，风气正，最重要的还是觉得弋阳腔有前途。"她说。她在这里认识了爱人操正。操正在《珍珠记》中扮花脸，扮相让人印象深刻。小芳说，团里的人现在说起来还年轻，可也都三十左右了，再有十年就四十上下，很快的。我想起演老仆的演员，她说她叫黄青南，才32呢。哦，演得真好，把一个善良的老奴演活了。

《芦花絮》的女主角孙晚霞在《珍珠记》中扮演自私暴虐的温金婷。她是弋阳城南人，小时候家长给她报了兴趣班，便去学，再大就考入了弋阳腔剧团。说起刚上舞台的时候，总有一种盼星盼月的欣喜，还有小心小意的紧张。婆婆喜欢看戏，所以也喜欢演戏的媳妇。母亲也喜欢看戏，母亲看到女儿一出场就流泪，不知是激动还是感慨女儿的不易。

几位演员都很随性，也不隐瞒生活中的喜怒哀乐，有时谈起不顺还会掉眼泪。她们就是一朵朵纯粹的戏花，一到台上就开了，生活中太多的苦，太多的烦，都忘了。可以说，每一个舞台形象里，都灵动着一颗精致的心。

三

弋阳古戏台数量的众多，是我所想象不到的。一个个抱得十分紧密的村庄，竟然收藏着典雅精致的秘密，守护着村子长久的信仰。戏台多数是清代的，也有的从明代坚持到现在。这些老戏台，就像固执地开放在乡野的花树，不仅安抚了生活，也闪亮了历史。

听说来看老戏台，西童村的童秋祥、童忠茂在村前迎着，后面还有一大群人。穿过童氏祠堂的过厅，回头便见到了高高在上的古戏台。戏台与两边的回廊连在一起，就像是二层包厢，十分壮观。我问拥进来的村民，可爱看弋阳腔？老者们抢着说，爱看爱看！聊得亲热起来，知道村里还有两班锣鼓，都是排演弋阳腔的。戏班也就五六个人，但是连打带唱，完全能够镇住场子。

变化的时代，总会有一些不变的理想，那些同外婆的故事一样老的唱曲，还顽固地统治着农村的喜好。戏台与戏曲也是一种未尽的情缘，当锣鼓声从内里响起，一切都成了上天赐予的浪漫。有些戏台的墙上还留着当年演出的剧目，不仅有《三国传》《水浒传》《岳飞传》《封神传》，还有《金貂记》《卖水记》《花蝴蝶》《借亲配》。看着那些戏台，你会觉得弋阳腔的调子已经渗入各个细部，在许多个夜晚翩衣舞袖，牵扯迷离的月光。

也真有一些人，常常偷爬上去，学着戏里的人孥煞着架子，走一走碎步，喊一声脆嗓。曹溪镇的吴玉婷就在这样的戏台上走过。那年，人家来招小学生去学戏，相中了吴玉婷，回家一说，首先得到了外公外婆的支持，因为两位老人也是戏迷。吴玉婷最终上了上饶艺校，又到了弋阳腔剧团，七八年了，现在 26 岁的她已经属于年轻的骨干。新排的《芦花絮》，她在里面担任 B 角。

是的，那一个个戏台，总为一袭长衫虚席以待，敞亮的空间，也最适合装下青春的梦想。

四

信江舒展地流着，这是一条母亲河，无私地养育了弋阳。

我们来到曹溪镇的东港村，信江就靠着村子，水很丰沛，村前有一座道光时期的桥，桥上还有专门走独轮车的石条，石条光滑洁净。

远远地就看见了粉墙黛瓦、飞檐翘角的戏楼，风风雨雨多少年，依然光彩屹立。村里的孩子几乎都集中到了这里，在戏台上疯耍疯闹，说词唱曲。村里大部分人姓汪，人说最早是一户姓汪的，生有7个儿子，繁衍成7个村，这个村是老三。每年的十月初一要做大戏，村大的连做10天，村小的做6天。农村讲究祝寿庆生，红白喜事，都会请剧团。

这里的豆腐、米糕都是传统名吃，席面的摆设也很讲究。做豆腐的汪光辉已是第四代传人，村里来了唱戏的，他的豆腐就供不应求了，得紧忙着做，累也快乐啊。做完了就去听戏，坐在一个角落里，顾不得吃饭，一边歇，一边听，一个个方桌子前的人还说着豆腐的好，感觉好极了。一个老婆婆走过来，她的眼睛微闭着，问她能否看见，她说看不见的，但是能够听见。每次剧团来，她都会用耳朵"看"戏。

你会见到这种情景，饭盆汤碗在那里放着，戏装粉彩在那里摆着。弋阳腔一开唱，男女老少个个仰着脸笑着、呆着或恨着。听戏本身，也是一个美好的故事。风吹起来，场边的树枝在摇动，一颗果实掉落了，砸到地上有一种深刻的响，又一颗果实掉落了。竟然没有谁在意，他们在意着戏里的事，每个人都要从戏里去窥一窥自我。有的泪水挂在脸上，不擦也不抹，就那么随着戏，感同身受地将自己敞开在这个世界里。婆媳关系不好的，或许会在这一刻各自有了触动，夫妻关系有裂痕的，或许会从剧情里看到各自的毛病。失去的还会回来吗？错位的还会复原吗？

当然，看每一场戏都会重复着同样的矛盾心理，那就是盼望着赶快有个结果，但又不想那结果很快到来，他们还是喜欢那个尚未有结果的阶段。于是一次次追随着剧团，一次次从尚未有结果之时开始自我的折磨、自我的审判。戏完了，灯灭了，才知道一切都可以重新开始，可以重新找回自己想要的东西。

戏真好啊。那一场场戏，就这么看了下去，一直看到鬓霜须白，看到地老天荒。

明白了，弋阳腔就是弋阳永久的代言，是弋阳百姓永久的感念。此后再提到弋阳，就会想起那牵曳阳光的一缕亮腔。现在，弋阳成立了弋阳腔保护中心，举办了弋阳腔音乐人才研修班，他们还到小学去讲说弋阳腔。

离开村子的时候，信江已经不是先前的模样，它一江的赭红，很深沉又很稳重的红，这些红被带走，又不舍地拖曳，于是一涌一涌地起波澜。老桥柔美的身段在水上闪现。夕阳晕染在远处的龟峰上。天上，云的羊群正在回家，它们同水流的方向恰好相反。有人从村子里走出来，在这江边浣洗。芦草飘摇着。白色的鸟划向天空。

我相信，若果庚斯博罗生活在这里，定会有一幅经典的信江风景画。

此时，不知谁亮起了嗓子，那是已经熟悉的弋阳腔。它掠过水面，成为这幅景象的画外音。

风动莲花

莲花山响起一片鸟鸣，愉快的声音在这个早晨回荡。

山就在深圳中心的莲花街道辖区。密集的建筑中有一座山，该是多么好的对应。这是柔和与热烈的对应，沉静与喧闹的对应，传统与现代的对应。一座城市在开放，一座山也在开放，它们都知道要开放成什么模样。

你看莲花山，春天里早绚烂得风光无限，那是一层层的绿，一层层的蓝，一层层的紫，一层层的红。其中还有亚白的棕榈群，从色彩中喷射出来，一直喷射到天上。还有白桦，一棵棵闪着迷人的眉眼。旅人蕉也长成了气势，一个个仕女样举着高大的叶扇。更多的紫荆花，用娇艳的红在歌唱。三角梅、勒杜鹃、火焰木更不用说，都在以最靓的姿态出场。

一些花落了还娇艳欲滴，像是在天上开烦，又在地上开。有些树把皮落在地上，像大地横着长出一个阔大的枝干。竹子喜欢聚堆，聚在一起就交头接耳。榕树腰膝酸软，情态十分耐看，擎着的绿伞，遮掩好大一片山弯。

绿波间，有人在跳交谊舞，有人在跳广场舞。一湖碧波负责映像。更多的人意气风发往山上走。一群小学生拉着手，啦啦啦地歌唱，一直唱到山顶。

山顶豁然，开朗得像放穹幕电影：云蒸霞蔚间，楼群如百舸争流、万帆竞发，似火箭遥天，直射云端。风格各异的建筑，简直就是一场空间艺术展。超 200 米的建筑鳞次栉比，超 500 米的大厦，云霞在半腰兴叹。几乎每个上来的人都在心底发出了惊叫：怎么会有这样的眼福，怎么还有这样的所在！是造物主事先就为改革开放最前沿准备了一个观景台吗？

这里处于深圳的中轴线，正对深圳中央商务区，中轴线两侧有亚洲最大的地下火车站，有音乐厅、图书馆、市民中心……那一个个特色独具的造型，无不给人造成视觉幻象。

这是一座山与一座城在亲切对话，二者相互依伴又相互印证，以自己的方式，为一个时代代言。

山脚有风筝广场，仰头看着，画面飘起来。

同一位放风筝的老者搭腔，竟然是最早来深圳的大军中的一员。那时他在内地有稳定工作，但开放的风一直向北吹，本就有一颗不安分的心，于是毅然决然地投身到大潮中，并找到了自己的位置。现在儿子接管了他创办的企业，他则接管了孙子上下学的事宜。没事儿就到这里走走，放放风筝。北方田野儿时的快乐，竟还能在深圳安享的晚年找回。他说这里还经常举办莲花山草地音乐节、福田民族童声合唱节，还有新春民俗大巡游。每年春节，书法家都会在山下写春联，写了差不多 20 年。他讲说的表情里，含满了作为一位深圳市民的满足与荣耀。

山下有个相亲角，征婚的信息插在一个个栏板上。"70 后""80 后""90 后"都有专门的区域。正看着，一个友好的声音递过来："你是女孩还是男孩？"一位慈眉善目的大妈，以为我也来为孩子操心。她是湖南的，女儿很能干，一毕业就奔了深圳，已经是一家高科技公司的中层，有了房，有了车，就是没有对象。当娘的不放心，跟着来催，还是看着一年年过去，能不让人急？我看了那些相亲栏，一个个都很优秀，实际上是个人条件太好，选择余地有限。

周围不少大伯大妈，有的盯着相亲栏，有的在交谈。一个相亲角，真的是一个亲民角，闪着莲花般的清雅与圣洁。

"中心而立，莲通万家"是莲花街道的服务理念。

再往前，是市民中心，寸土寸金的所在，却有着如此辽阔的主题文化广场，让人感到一座城市的胸怀。一位画家正为一位游客画像，画笔的游动中，一张笑脸显现出来。有人在弹唱《往日时光》，唱时几片叶子从女孩肩头落下，落到了琴上。叫安琪的女孩说她喜欢这个城市，想都没想就来了。还没有男朋友，更没钱买房子。在这里唱唱歌，带带学生，日子还算充实。

深圳是中国改革开放的最前沿，而莲花山所在的福田区，又位于深圳经济特区的中心区。莲花街道的所在，是这座城市的核心所在，也是文化核心。除了各类新闻传媒大厦，还有世界最大的单体书城。有人说，这座知识殿堂对于深圳的意义，就像卢浮宫对于巴黎的意义。

近距离感受着莲花山下的景象。那是在建筑的丛林中穿行。从莲花山辐射出去的路，像一条条幸福的传送带：彩田路、红荔路、鹏程路、福中路、香梅路……真个是车水马龙，每一个车轮都在飞转，迫不及待地飞转。

上早班的人们更是步履匆匆，匆匆中透着朝气。人流流进一座座大厦，像是被那些建筑瞬间吸纳。你看，高高的新世界文博中心，一个女孩子快步走着，她来得有些晚，长裙同长发一同快速地飘了进去。另一座大厦前，竟然看到几位青色汉服的女子一同奔跑，仿佛赵飞燕穿越在当代街区。

科技改善生活，智慧指引时代。我所接触的每一家企业，都让人感到那种满满的朝气与活力。这是一座年轻的城，魅力十足的城，也是一座彰显拼搏精神的城。来到这里的人，都是怀有才智怀有抱负的青年人。

"来了就是深圳人"，这是深圳刻在十字道口的表白。那么直白，那么亲切，那么给力。没有人会有漂泊感，会生异乡情，来了就甩开膀子干，只要你舍得付出，就会得到回报。常常会看到这样的提示："我们一起出发，迎着风，去拼闯。我们一起收获，集殊荣，再起航。"这就是深圳，是东方中国的窗口，是世纪腾飞的港湾。

一座城市的品位与气质，从细微处显现出来。

这座城似乎格外喜欢花草。你看，街边竟然有篱笆墙，墙上爬满了藤萝与凌霄花。过街天桥上有一篮篮紫色蔷薇，人行道等待区也开着粉色花。不少楼的半腰和楼顶都植有花木，花木如瀑，垂下无数美好。有些叶子，没有办法长上去，就顺墙爬上去。道路两边，高大的行道树已经成林，不止一排的绿荫铺下一层绿毯。两个推着婴儿车的女子在小路上走，她们相依为伴，孩子是她们共同的快乐。她们是新一代莲花人，孩子是更新一代莲花人。

一座城，一个春天的故事。真的，春天的故事，永远在延续。深圳人说，向前走，不能忘记走过的路，走到再光辉的未来，也不能忘记走过的过去，不能忘记为什么出发。

想起海战博物馆的警示：因为落后，中国这个拥有五千年文明的泱泱大国，竟被英国一支数千人的远征军打得支离破碎。因为落后，其他列强接踵而至，对中国进行一次又一次劫掠。历史昭示我们，落后就要挨打，和平，需要实力呵护……

再看莲花山，山上起了云雾，像一片带有蓝边的叶子。莲花山用绿草与鲜花表白，用纯洁与自然表白，它的作用，是使一座城市变得清新与温馨，变得柔和与明朗。莲花山就是一朵莲花，净化着尘世，吸纳着尘埃。近一万五千个日月，山看见的，是一座城的悄然蜕变，看不见的，是凝聚的精神与四射的活力。

天目山高苕水长

一

　　天目山，名字叫得大胆而大气。敢叫天目的山，一定是山上开了天眼，能够通达四方，心怀扩展。果然，山顶有两处池水。那碧绿碧绿的池水，可不就是山的两只秀目？射电一般，直向天穹。这样想来，山上的一棵棵峭拔向上的大树，都是天目山射出的电波。

　　树在雨中，有一种沧桑的美感。让人不禁迷想，在这样的环境，会不会遇到哪位先贤，他们登天目山的感触，跟我们今天的感触也许是一样的。萧统、李白、白居易、张羽、刘基、袁宏道……一个个人物，或许都觉得，这里能让他们看到许多看不到的东西，能让他们忘情与忘言。

　　他们走了好些年，还是舍不得，便把诗留下来。

　　他们在诗中说，"尔从山中来，早晚发天目。"说，"天目之山，苕水出焉，龙飞凤舞，萃于临安。"他们说，"自有天地有此溪，泓渟百折净无泥。"说"陌上花开蝴蝶飞，江山犹是昔人非。"

　　苏东坡讲究美食，但在这里，他却道："可使食无肉，不可居无竹。"

二

李白喜爱天目山的原因之一，就是天目山的树。我们今天在天目山的感觉也是如此。

雄踞黄山与东海之间的天目山，赋予人类享之不竭的璀璨文化与独特的自然风韵。这片古老的森林，堪称一部以植物为文字书写的鲜活自然史。郦道元《水经注》记有天目山："山极高峻，崖岭竦叠，西临峻涧。山上有霜木，皆是数百年树，谓之翔凤林。"李时珍《本草纲目》收集天目山药材数百种。明代《西天目祖山志》，收录天目山植物十大类123种。

一进天目山，就如进入了幽深的隧道，天色骤然暗淡。一山的野树，像一个个山大王，统治了这个世界。每棵树都想出人头地，一个个昂首向天，结果还是没有一个结果。

浓密的丛林间，不时传出各种鸟鸣，看不到是些什么鸟，只从鸣叫声中想象鸟的大小。实际上也是不准确的。有的鸟儿身形不大，叫声却十分嘹亮，有的声带浑厚，音域宽广，完全一派老旦花腔。等到猛然发现它的模样，会哑然而笑，原来如此高看了它。路过竹林时，竟然发现一只只翎毛华丽的白鹇悠闲散步。还有鸥鹭，在猛然出现的空间抖翅而起。

树大都上了年纪，但仍然魅力四射。树干上泛着绿苔，如包浆一般。李白仰望过的树，今天还让人仰望着。林木深处，有的树干粗壮得像一尊佛，只看到佛身的一部分，再望就望不到了，一个个的惊叹与尖叫，顺着树蹿上去。

天目千重秀，灵山十里深。大树是天目山的象征。银杏、柳杉、铁木、金钱松拔地而起，大自然在此营造出了一个举世闻名的"大树王国"。

　　西天目山上，老殿下方的一棵柳杉，有13层楼那么高，要五六个人拉手才能围得起来。相传乾隆慕名来到天目山，高兴地封这棵柳杉为"大树王"。

　　在海拔960米的悬崖峭壁上，还生长着一株中生代孑遗植物——天目山银杏，这是杭州最古老的树。奇妙的是，老树怀中有着不同年代长出的新根秀枝，可谓是老、壮、青、少、幼共济一堂，因而被称为"五世同堂"。

　　据说，天目山有三人以上合抱的大树400余株，最高的金钱松达60余米，独以"天目"命名的动植物就有85种，其中天目铁木，全球仅天目山遗存5株，被称为"地球独生子"。

　　林木是如此密集，一头猛兽跑进来，也不敢横冲直撞，否则会撞断头颈，遗恨终生。连雨都不知如何是好，阵雨不起作用，就换蒙蒙细雨，一点点地灌缝，这才让下面的绿草开心，开心了就把花打开，把蘑菇打开。生存法则在天目山也一样。

　　溪水从花草下渗入，而后流入峪谷，声音像鸟儿一样欢鸣。

　　溪水澈得可以明目。果然就有洗目池，池里的水真叫一个清，望着就像是一池眼药水，眼药水还是药，而这就是水。谁到了这里，看到这池汪汪的清水，都会忍不住去撩起一把，感觉立时不一样，那个透爽，那个清明。

　　再往下流，就让苏轼发现了秘密，有秀丽的女子在画眉，镜子便是这溪水。光着的脚丫雪样的白，却也是这水泡出来。山野的女子天生丽质，丽质的秘密都在这里。

三

想起3.5亿年前，天目山所在还是一片汪洋，而今天目山的千姿百态，仍旧是那片波澜起伏的回应。

天目山孕育了天目山人，他们靠山而居，依水而生，代代传承，掩映在绿林深处的一座座白墙灰瓦的小房子，透出他们的纯粹、安逸与自由、自在。这是先人和我们相通的生活目标，抑或是"临安"二字的所在。

进入天目山中的月亮桥村，就听到了一种沉郁婉转的音声，原来这就是传说中的"天目尺八"。据说这天目尺八在宋代就由虚竹和尚带入了日本。天目山为江南宗教名山，在其中游览，总能看到绿树掩映中的金角黄椽。乾隆于公元1751年和1784年两次南巡，都登临天目山览胜，先后赐禅源寺御笔木刻《心经》一卷，石刻《无量寿经》两卷。

月亮桥村有座石拱桥，横跨双清溪，历时千年，几经修葺。据传，当年乾隆一行曾歇脚月亮桥，于桥亭邀风吟月，不思归去。待夕阳西下，饥渴来袭，忽有香味于亭畔巷子飘出，便闻香寻访。见一村妇正在烤煎洋芋，不觉口舌生津。待农妇起锅，乾隆爷连吃了好几个。

我看到了天目木叶盏，原来这种黑釉的木叶盏就是在天目山中烧制，村里人领着我们转，手指着一个地方说，那里还有月亮桥村未发掘的窑址。这种精美的木叶盏，完全利用了天目山的土及天目山的水，以山柴文火烧制而成。

车子在盘旋，朝下望去，阡陌间红红绿绿的一片。不由想起钱镠那"艳称千古"的名句。钱镠的王妃每年寒食节都回临安省亲。这年春天，王妃探亲尚未归来。钱镠便写了一封信着人送去，其中有句"陌上花开，可缓缓归矣"，含蓄地表达了对自己心爱之人的感情。是的，江南的田间，从来都是令人心动的。

　　《临安县志》载："天目峰高苕水寒，钱王肇迹自临安。"在动荡不安的五代乱世，钱镠平息两浙战乱，维护地方安宁，带动一方繁荣，被范仲淹称为"东南重望，吴越福星"。一路上，总有人在说着钱镠的故事。

　　临安的天目山，有着生机勃勃的气象。我上了天目山，会不会给我一副天眼？但我知道，从天目山上下来，双目竟然那么清澈，而且心境打开，心绪不再茫然。这或许，就是天目的能量吧。

辑三

探寻大江源

冷冷的风，夹着冷冷的雨。七月的藏区，竟然飘起了雪花。

车子从青海的雁石坪出发后，通过一条岔道，便进入连绵起伏的唐古拉山脉。心中不免一阵激动，已是踏上青藏高原的第六天，翻越了举世闻名的巴颜喀拉山和昆仑山，穿越了美丽荒凉的可可西里，去看了长江南源，很快就会看到大江的正源——各拉丹冬雪山。

很大一片区域都荒无人烟，实际上也看不清什么，视线全被纷飞的雨雪遮挡。一路只是盯着前面的车子，不敢有片刻分离。

过了一座没有桥栏的桥，桥下有水，水流不大，却让人知道，这水一定属于江源。走了不短的时间，又是一座桥，桥更低，更简单。这个时候，已经看不清桥下的水，雨雪更大起来。

车子也不大配合，在荒原上不停地打滑。更大的雪花粘在玻璃上，像是车子撞进了一座乱絮喧腾的棉花房。

猛然有人喊起来："快看，左前方！"

左前方的雪野里，竟然闯过来一群起伏的影像，那是什么？牦牛，不错，一群牦牛在抵着风雪前行。从来没有这么近距离地见到如此多的牦牛，它们体形硕大，每一头都如一尊活动的雕塑。简直就是一幅高原风雪图，分不清雪是主角，还是牦牛是主角，都显得清晰又模糊。

一群野驴突然出现，被莽撞的车子冲得两下里跑去。再往前，又有几匹野马。还看到三只狼,好像没有目标,跑跑停停。

狂风中的大雪,渐渐变成了冰雹,啪啪哒哒打在挡风玻璃上,再从玻璃上弹起,同引擎盖子上的冰雹会在一起,闹出更大的动静。

各拉丹冬雪山,就是以这种方式迎接我们的到来。而正是这种方式,才透出各拉丹冬的神秘和奇伟。

车子翻上翻下地跑了一阵子,风雪竟然停了。车子到达一个高坡下,开始往上攀,却因为太陡,没有成功。其他的车子也都试过,无济于事。只得弃车而行。上去仍然是一片荒原,雪山还在远处。

又看到一个高坡,大家心里鼓劲,坚持着走去。到了高坡处才知道,这只是一段距离的地平线,前面还是一片山原。

往下走了,长长的斜坡,斜坡过后是一滩乱石,而后一道流水。

终于看到那块矗立在水边的长江源碑石。

同行者说,上次他来,碑石后面就是冰川。那是 2002 年。也就是说,那个时候,雄伟壮阔的冰川从各拉丹冬雪峰披挂下来,一直延展到这里。那是怎样的一幅画面,大画幅、大角度地展现出一派雪地冰天。

现在呢?冰川后退了,退到了各拉丹冬雪山附近。我们继续往前走去,准备走到冰川跟前,走到现在长江源头的滴水点。

走过一堆又一堆乱石,穿过白雪没过小腿的河滩,不断在座座冰峰、块块巨石间寻路。

阳光从云团里蹿出来,射到这毫无遮拦的白茫天地。各拉丹冬已在前面,阳光将它照得通体透亮。

这时候,我看到一股细流,我知道这股细流连接千万里的大江。

细流没有规则,流动得像一首自由体的诗篇。有的地方延展而去,分出几多岔,然后在哪里又并入一起。冰川滴下的水滴不时地供养着这水流。当然,一路上还会有更多加入,让水流一点点变深、变宽,直到形成汹涌奔腾的大江。我们的祖先很早就在长江边繁衍生息,孕育出灿烂的文明，诸多城市也都聚集在长江沿岸。

鞋子像有千斤重。每个人都在硬撑着，不说话，或者无法说话。我已经明显感到心脏的剧烈搏动。还有头，紧箍一般疼痛，时时有要上吐下泻的感觉。我知道这是高原反应。

终于来到了终点，来到了各拉丹冬雪山跟前，来探析构筑万里大江的基因密码。

这座唐古拉山脉的最高峰，是冰雪世界的仙人，它的周围，众星拱月般围绕着四十余座海拔六千米以上的山峰和一百三十余条冰川。我们面对的，就是各拉丹冬的南支姜根迪如冰川。造物主给它以美的塑雕，给它以冰洁的气质。六七十米高的冰塔林，望去是一片气宇轩昂的水晶世界，姿态惊神，气势震天。在这些凝固的水的面前，你会感到时间的缓慢。

从各拉丹冬滴下的第一滴水终究要在大海中呈现它的力量，没有什么能阻挡自然的伟力。它有的是时间，以亿万年的姿态来塑造自己的个性，那些水流的迂回，都是性格的表征。

各拉丹冬，你为我打开一个世界，让我知道天地的庞大。我们不仅看到长江奔流不绝的源泉，也感知到我们自己奔流不绝的源泉。

离开很远了，再次向各拉丹东望去，我只能望到迷蒙一片。各拉丹东，重新陷入一片神秘、一片梦幻之中……

陕北信天游

一

榆林北面是沙漠，南面是黄土高坡。黄是这个地方的主色调，土塬、窑洞、庄稼，全是一个颜色，包括牛，包括人。牛与人吼出的声音，也带有着沙土的黄。还有河，还有风。到处是沟壑，一道道沟壑，从黄土坡中硬性地穿过。将一片地域分割又重合。

远山横亘，深蓝的云霭将那里裹挟，只在山的衔接点，有一处灰白色的缺口，流出淡红的烟霞。

我去绥德，去靖边，路上全是一个模样——一种凸起，一种裂隙，一种黄阔。偶然出现了一道水，艰难而固执地流淌，或就是无定河。"提起个家来家有名，家住在绥德三十里铺村……"沟壑间猛然亮出一声高亢的信天游，让人在路上为之一振，单调中有了五彩的色光。

信天游是陕北人的精神食粮。以前陕北人被贫穷、落后、闭塞所折磨，但他们从不掩饰对这个世界、这片山塬的厚爱，他们坚毅地生活在这片土地上，凭着乐观与热情，唱出了陕北人的最强音。

这里的地名都很有特点，每一个名字，都释放着自己的意义：野淌路、黄蒿界、红墩界、巴图湾、白城则、麻黄梁……麻黄梁据说是一个著名信天游歌手的家乡。那歌手也是在这黄峁梁上练就了一副亮嗓子。"羊肚子手巾三道道蓝，咱们那个见面容易，拉话话儿难……"在神奇的黄土地上，世世代代的陕北人，用拦羊嗓子赶牛声，唱出了一首首脍炙人口的信天游，无论是壮丽辽阔的《天下黄河九十九道弯》《山丹丹开花红艳艳》，还是悠扬沉郁的《千年老根黄土里埋》《满天星星一颗颗明》，简直就是不可多得的民间绝唱，是享受不尽的人间天籁。

十几年前我来榆林，半路上听到一声唱，就让人停下车，跑到一处峁梁上去看。那是一位放羊的老汉。天渐渐暗了，落日将他的身影勾勒出来，那影子一点点从高处移到低处，又从低处移到高处，声音也是如此，一时低沉，一时高亢，像是在自说自话，只是每一句话都跌宕起伏，漫野里逛荡。他是把陕北人的所有都唱了出来，其间有尘世的苦涩，更多的是生活的信念。

我觉得信天游就是他的伴儿，他怕自己寂寞，跟那个伴儿在大声地表达。他应该每天都是这样，这样才充实，才美气。这样将所有的念想都过一遍，回家被窝里一钻，才舒坦。

我看到那个身影慢慢走远，天渐渐低下来，遮盖了整个山塬。

二

千沟万壑的黄土和连绵起伏的沙漠构成了一片苍茫、恢宏的画卷，画卷中深藏着悲壮，饱含着沉郁与刚毅。这塑造了陕北人质朴、执着、淳厚、果敢的个性，也孕育出苍凉、雄浑、豪壮、激扬的信天游。

有人说，在当地，人们习惯于站在坡顶和沟底远距离地大声说话、呼喊，声音必须拉得长长的，声音小或短就达不到效果。那种悠长起伏的散漫节律，或就是信天游的起源，有人想有更深的表达，便形成了唱腔，既是寄托，也是抒发。信天游由此在沟坎遍布的陕北自由奔放、荡气回肠地传播开来。

　　我由此对信天游产生了兴趣，并且专门找那些民间歌手，与他们交流，录下他们的歌声。从生活中来的情歌，是信天游中的精华，也是陕北民歌的主调。那些唱词怎么就那么接地气！"墙头上跑马还嫌低，面对面坐下还想你。""鸡蛋壳壳点灯半炕炕明，烧酒盅盅量米不嫌哥哥穷。"真的是敢想敢唱，直抒心曲。《兰花花》《五哥放羊》《圪梁梁》《三十里铺》《拦羊的哥哥》《赶牲灵》《送情郎》《泪蛋蛋抛在沙蒿蒿林》《走西口》……无一不是人们喜闻乐见的经典老歌。"东山上那个点灯西山上明，四十里那个平川也不见个人。你在你家里得病哎我在我家里哭，秤上的那个梨子送也送不上门。"这调儿真切生动，听得人柔肠百结。

　　有话说，信天游，不断头，断了头，穷人无法解忧愁。我见过一位老者，他唱了一辈子信天游，年轻时是赶牲灵的脚夫，喜欢上一个客店老板的女儿，后来却没有走到一起。于是他把慨叹和吼唱都交给了漫长的黄土路。我听不懂他唱的什么，别人说那都是他自己的内心。他唱的，或许就是真正的信天游，信口随心，想到什么唱什么。

　　我还看过一个小女，在沟梁边走边唱。我不敢打扰，怕她害羞煞了声，于是偷偷地站在一处黄土后面。她的声音传上来，带着无名河水的清凉。我同样不知道她唱的什么，不是记忆里的那些名曲，但同样美妙动听。有一句好像是：无定河水水那个流，不让我看你，我看那个砍头柳，我看那个柳后的老墙头……悠扬婉转的曲调，清脆活泼的嗓音，透着一种鲜灵灵的美。

　　在山野间听到信天游，感觉那唱歌的人就像是在对着谁表达，那个人或就在不远处，在能够听到他心曲的地方。他或她就故意地这样直接抒发，唱或比说更容易。

三

在陕北转得久了，就会发现，陕北人热情实在，见了总是邀你进家，跟你唠话。说起信天游，他们就笑，笑完就唱，这里几乎人人都会唱上两句，蓝天白云朝阳明月、东山糜子西山谷、小妹妹亲哥哥、古城墙黄土地……无所不用。任随天地自然，无拘无束。

现在，榆林和延安这一片区域，生活已经发生了翻天覆地的变化。但人们还是愿意唱、乐意听。越来越多的人来搜集、研究这生活的"活化石"。

为了留下永久的历史记忆，榆林建起了陕北民歌博物馆。那里是信天游的精华浓缩，珍藏着一串串歌声，一个个故事，一段段念想。那些标致的讲解员，虽然都说着纯正的普通话，但私下里小声言语的，还是好听的陕北音。她们个个还都是深藏不露的"歌唱家"，谁都能来一段让人迷醉的信天游。

晚上在河边散步，猛然听到了动人的鼓镲声和唢呐声，接着就是悠扬的信天游：走头头的那个骡子哟哦，三盏盏的那个灯……原来是中心公园的一幕，这里的广场舞与别处分外不同，看那个架势、那个表情，快乐的声浪一阵高过一阵，简直要把人裹挟进去。哦，这是咱陕北啊！

青山看不厌，流水趣何长

一

昨天到达青山村的时候，有些晚，进到一家老宅院就休息了。半夜楼梯响，可能又有人来。楼梯太老了，有几处磨坏了踏板。

何时醒了一次，竟然听到一种夜声。呜呜的，啾啾的，说不好是什么声音，有时仔细听时，反而听不到了。但是过一会儿，又有了。那是一种平时听不到的声音。

黎明时分在懵懂中醒来，看到屋顶上的天窗还是一片黑暗。天窗嵌在顶棚的瓦间，没有月光，也看不到星辰，夜的黑，整个地覆在上面。

再睁开眼，窗玻璃上竟然有了一层曦微。那是一种暗蓝的颜色，这种颜色在慢慢发生着变化，它在由深变浅，渐渐地就变成了淡蓝。淡蓝的上边，又渐渐地掺和了一点红。红的成分在加大，像谁在调颜料。

天窗的好，由此体现出来。它把一个世界，浓缩在一个方框子里，让你体会坐井观天的微妙。现在这颜色已经变成了浅浅的玫瑰红。

我知道，新的一天开始了。

再躺不住，起身开了屋内的侧门出来。看到了一圈的篱笆墙。墙那边还有篱笆。

山就在近前，上边到处都是竹子。竹子一丛丛地长上去，就显出了气势。红色的光焰，就是从那些竹丛间穿过。能够感觉出，那些光总是被竹子折成几何形，最终从疏朗的地方，将太阳的信息传递。

村子的房屋已经被染上了一层好看的光，像重新粉刷了一遍。尤其是那些粉墙黛瓦，格外有一种活力。

这时听到了鸡鸣，它们可能早就在履行职责，只是我的关注点跑偏了。

狗很多，但都不叫，见到你就像见到老熟人，一副"来的都是客"的表情。一只猫在瓦楞上，就那么趴着，或在回味昨晚的爱情。

山村在一座青山的脚下，山叫王位山。一个个小院，各自按照自己的喜欢构建，远远望去，像美丽的乡间别墅。

有些家院里长着银杏，满眼金黄。带我们来的云丽说，更多的人家喜欢种桂花。哦，那又该是满院清香了。

山上的树都直直地往上蹿，树叶子不是直接地落下，而是蝶样地飘，叶子有红有黄，便有了红红黄黄的曲线，这样的曲线多了，就形成了景观。

杉树的样子看上去有点像松柏，只是它的叶子会变红，那种咖色的红。

六棵百年的枫香树立于山脚，以六种姿势向上仰望。古树围着一个延伸的观景台，站在平台望去，是一片开阔的水和起伏的山。

二

青山跃动着云烟，几只水鸟，在湛蓝的水中，感觉像是倒放在天空的风筝。绿色和红色林间的龙坞水库，像一块碧绿的翡翠。

往前推五年，为了清洁的水源地，大西北的张海江留了下来。海江说,春笋应该春天出来,但是人们想在春节吃,就会使用化肥和农药。这样就有了水污染。张海江从40多位村民手中完成了几百亩林地的流转,统一交给善水基金信托统一管理。几年过去,水源地周围的生态发生了变化,水库流出来的水,成为杭州50公里范围内最好的地表水。

龙坞水库让青山村人有了念想,他们想打造一个"未来乡村"。张海江成为最早的新村民,他来后,又引来了更多的新人,让曾经是老人和留守儿童的山村变得朝气蓬勃起来。

村子有一个东坞礼堂,是20世纪70年代的产物,已经塌了一角。浙大毕业的张雷,一来就喜欢上了,他用来做了"融设计图书馆"。

张雷一直有着一个实现自我的梦想,他不想囿于一个固有的天地,先去了意大利,又到了德国,在那里认识了塞尔维亚姑娘永安,一块回来做手工艺研究。

礼堂的舞台排满了书架,放着整齐的书籍。下面还有一排排木格子,放着五倍子、苏木、黄檗、火草、栀子、姜黄、虎杖、公丁香、艾草、柘木……都是植物染料。还有各种布料、木料做的传统手工艺品。

这是中国第一座传统材料图书馆,他们把传统手工艺设计出来,教村民去做。土地流转了,大伯大妈拾起了老手艺底子。可以说,设计和创作出来的物品都很新潮,并且环保,体现着新一代年轻人的生活信仰与艺术理念。他们用纸浆做的凳子,叫飘。用木浆做的灯,叫落。做的屏风,叫竹叶。做的篱笆椅,叫素生。从山村走出的传统材料艺术,登上了"设计上海""米兰设计周"的国际展台。

去看自然在一片绿色中的"自然学校"。那是一座废弃的老校址,几个年轻人将它利用起来,进行了绿色整修。他们用建筑垃圾粉碎成小颗粒筑内墙,用黄泥涂外墙,既结实又彰显乡村情调。学校的院子里,种满了各种花草,花草上都有名字。

矮蒲苇,兴奋地举着丰满的火把。千鸟花,像一群鸟在飞。棉毛水苏，可人的叶子上有一层纱绒。趴在地上的一摊绿叶，却有一个好听的名字——胭脂红景天。松果菊能够开出像松果一般的花吗？还有小兔子狼尾草，连我也不明白，说狼尾还是形象的，跟小兔子有何瓜葛？

蓝羊茅是一种细而长的草，在这个季节，它的绿色被苍黄遮盖了不少。水果蓝的叶子挂了一层白霜，或者说它自身喜欢带一层白霜。西洋滨菊一定是舶来品，长得旺盛而葱绿，不知道会不会像水葫芦样泛滥。柳叶马鞭草，听名字就知道它的长相。黄金构骨，枝子伸展得有些开阔，且叶子放出油绿的光。金光菊现在显得有些萎靡，发出金光的日子尚未到来。长绿鸢尾飘着长长的绿带，放飞到天上一定很好看……这些都是孩子们新奇和喜欢的，他们会久久徜徉其间。

走出院子看到稻田，想起它稻浪滚滚的景象。稻田都不是很大，却起着很好的装点作用，一块块地让青山充满生活意味。人们说，春天的田地还会绽放出绚烂的油菜花，那是乡间最美的黄手帕。

每年都有许多家庭来这里进行亲子教育，感受绿色生活，领略大自然的奥秘。五月端午节，阳光从高大的林间挤出来，花洒样为这片天地淋浴。孩子们身背青蒿，连成长龙，在其间快乐地跑着，笑着。稻田音乐节，他们又会在稻香里跳，在稻香里唱，体会乡村的丰收。

麦芒基地，名字看着就刺眼，是村里最刺激最释放激情的地方。年轻人定期举行泥地、桨板、自行车等挑战赛，让来到这里的小伙伴暂时远离喧嚣，享受田野运动带来的乐趣。

到时还会有篝火晚会，让每个进入大自然的人，都沉浸在狂野与忘情中。

三

我遇到很多年轻人，他们来自不同的地域，却都有着相同的青春感知。

"融设计图书馆"合伙人兼设计师奎斯是德国人,他太太也搞设计,但现在的任务是专职带孩子。女儿已经上了青山的幼儿园,此刻正与她的弟弟在高高低低的草地上打滚。妈妈不管,任他们疯癫。尼可说她在这里很快乐,这里的天很高,很蓝,山很绿,空气很湿润,很清新。她有很多发现,包括从来没有见过的昆虫。闲暇时她会带着袋子去捡垃圾,影响人们自觉保护环境的意识。

一晗是天津女孩,在国外上的学,应聘到"融设计图书馆"当设计师,她是家中的独女,父母操心,来青山看过。一晗说:"我就是不想住在城里,喜欢在这样的村子里。"

做推广的杨环环,九月来青山,觉得同以前的乡村理念不一样,整洁,开放,实际。十月便做了决定,正式成为这里的新村民,为青山村的提升,作一份贡献。

杜红梅,大学研究生学的对外汉语,在上海创业。家是河北农村的,对精神生活有高的期望值,疫情期间干脆关掉了上海的公司,与合伙人一同来到这个村子,投资装饰艺术,做酒吧和民宿。我找她那个合伙人,原来就是刚才为大家忙着做各种甜品的女孩。说起来两人都是快乐的单身女子。她们想租一座民房,长租25年。那样,几乎将生命的青春期都放在了这里。

绿色学校的全星星,看不出已经34岁,这位湘妹子充满着活力与朝气,讲话一套一套的,能够想象平时活动的号召力。成家了吗?谈过,但是散了。回答轻轻松松,不遮掩也不逃避。这就是新一代年轻人,怎么快乐怎么过,怎么充实怎么来。一切都是自然,都是缘分。父母可来过?来过,也喜欢这里,说将来说不定来守着自己。

这里的单身还真不少,绿色学校那个激情洋溢的讲话者朱红煜,37岁的帅小伙儿,也还是一个人。

单身，不是缺陷，更不卑微，他们笑说自己是单身贵族，单身才贵族，才更有诱惑力，更有选择权，才更是潜力股，有更多的人关注。

　　这是一帮子新知识青年，他们与当地村民同吃同住，成为村民眼中"我们村里的年轻人"。

　　人的潜能，往往会在特殊的环境中发挥到极致。而人的幸福感，也会从愉悦的氛围里找到答案。有些工作，在城里在乡村都是一样的，只不过现在的乡村有着更多更好的条件。这些条件，城市则无法比拟。可以说，乡村需要年轻人，年轻人也需要乡村。这是时代的新潮。

　　还有本村的年轻人，原来都在外地给别人打工，渐渐地，他们也都在回来的路上。

　　林红回来了，成了村委年轻的书记。王利兰回来了，成了宣传委员。周晓茜是村里的媳妇，回来开了民宿。另一个年轻人雪梅，也曾是打工妹，回来成为村里的助手，她正在制作"新村民"手袋，手袋上印着"未来山村"。

　　我在想，为什么青山村能够吸引这么多年轻人，甘愿把青山当作是自己的家，成为这里的新村民？

　　青山村属于余杭黄湖镇。余杭早因为良渚文化而名扬天下。我们的先人在建设良渚新村的时候，就已经很超前。他们很好地利用了水，利用了山势地理，利用了生活氛围，他们把自由与自在安在了一个安适的空间里。黄湖镇离良渚古城只是二十五公里，如此近的距离，那种一脉相承的气息，或就是众人瞩目的所在。环境好是一方面，但最主要的，还是人的因素，理念的因素。

　　青山是一座融合型的村庄，它的融合与"融设计图书馆"的融有某种相近。青山人的热情，青山人的观念，青山人的本质，让年轻人找到了亲切感和信赖感。你看黄湖镇和青山村，无论是领导还是职员，无论是老人还是年轻人，都张开臂膀欢迎他们。守着村口的村民在笑着，干着活的村民在笑着，还有那位建造东坞礼堂的蒋老伯，也是张着豁牙的嘴笑着。蒋老伯造礼堂时29岁，带着三个徒弟，连图纸都没有，就凭着热情和信心建起来。在年轻人身上，蒋老伯看见了以前的自己。

越来越多的年轻人融入了这里的山水环境与人文景观，他们需要一个场地、一个氛围，来植入理想，放飞青春，展现自我。光是入驻"融设计图书馆"的设计师，就有50余位，他们利用青山的各种条件，组建了10个手工艺工坊。

自然，是不可舍弃的需求，是不可替代的乡愁。融合，是你来我往，是爱与被爱，是日月光明，是想象与实践，是传统与现代，是现代与未来。

在城里生活久了，目光与胸怀或也有遮蔽或干扰，来到这里，城市的多样化同多样化的乡村产生了融合，外来的与本地的年轻人，互相影响，互相促进，共同构建有舒适感、获得感、归属感和未来感的新山村。

今天是二十四节气中的"大雪"，青山村正在东坞礼堂举行新村民入村礼。一排又一排的年轻人笑着。青山村书记林红也笑着，她说："青山村是我们的家，也是你们的家，更是我们未来的家。"她为他们佩戴上一枚枚"新村民徽章"。这些青山村的新浪花，会将未来翻腾得天地异样。

青山村做了一个大蛋糕，蜡烛燃起高高的光炬。天气有些寒冷，但是让人感觉到一种温暖与火热。

四

傍晚烟云弥漫，竹林中的烟雾绞缠在一起，一些落叶，像群鸟乱飞。

我还想在这里住下去，体味浓浓的自然元素。吃饱了山里的饭菜，踏上老旧的楼梯，躲在屋子里就像是回到了老家，长久地享受着自在与慵懒。

屋子里有只小飞蛾，总是提醒你这里是乡村。这时你就会望望墙壁，望望老木门，望望小小的窗户。从窗口望出去，有人在挖冬笋，这里一下那里一下地找，半天找不到一个。房东说，那要看土象，有那个感觉，一挖就能挖到。绿绿的丛林里，几个人，或是在享受找寻的快乐。

小飞蛾在你望着的时候，飞上了天窗，把自己印成一枚小小的花。

乡村正在老去，乡村也在年轻，当老一辈人慢慢消失，新的一代会渐渐回来。城市与乡村的概念逐渐模糊，只不过内涵不大一样。张海江说，青山村是第二眼美女。因为第二眼是一种再看，越看越耐看。是的，我也有这样的感觉。我和他们在同一片蓝天下，深深地吸着沉醉的晚风，等待着明天的艳丽与芬芳。

青山看不厌，流水趣何长。我羡慕这些年轻人，他们在用青春完成人生的每一个美妙的细节，然后无悔地坐在天地间，笑看晚霞红艳，落叶缤纷。

老子　函谷关　老鸭岔垴

有一名画，老子扬须飘髯，骑一头青牛上。老子骑牛而非骑马或驴，可是一个与道德有关的问题？那牛比他类或更具辩证法。老子就这样于东来紫气中，骑着步履稳健的青牛进入了函谷关。其时四面山峰耸峙，古木参天，唯一峡谷雄关在夕阳中峭立。

老子登上函谷关的时候，他那眯着的眼睛放出一线光芒，灵感随之漫涌而出。老子此时一定看到了那个离此关不远的小秦岭。可能老子致力于成文《道德经》，也可能青牛上不了2400米的最高峰，老子与那个叫作老鸭岔垴的地方擦肩而过了，但他的思想缭绕在了那个高峰。

数千年过去，我等溯黄河而上，从函谷关逶迤而来，直奔老鸭岔垴。为何叫老鸭岔垴呢？这或许也是一个道德问题。

路盘桓而上，越往上越开眼。满山尽是野趣天然，那些林，想怎么长就怎么长，有力量的独个蹿，没力量的抱团长，长不动了就躺下来。那些石，不知是山生出，还是天上掉下，横七竖八，立着，蹲着，卡着，悬着，各具姿势，有的骏马奔驰，有的巨象吸水，有的说是老子对弈。鸟就在林上盘旋，在石上蹦跳，一忽惊翅而飞，不知是赤狐跑过，还是豺狼跳过。不怕的是飞鼠，活跃着眼睛看着四周动向。

钻过一座山峰，正觉热，凉凉一股水汽袭来，原来是枣香河，自峡谷中跳荡。果然一股秋枣的味道满怀里灌，直让人吸了这口，赶快吸那口。上到老鸭岔垴,万千江山,尽收眼底。一群美丽的鸟,于色彩斑斓的丛林之上,左旋一阵,右旋一阵,兴奋得不知道怎么飞。秋叶正红,丛丛叠叠,直把老鸭岔垴擎上天去。山岚随着云岫袅袅而生,岚云起处,阳光随风翻卷,一些翻到叶子上面,一些翻到叶子下面,一片片的叶子哗哗啦啦爆红了整个秋天。

想起那句话:"天下皆知美之为美,斯恶已。皆知善之为善,斯不善已。故有无相生,难易相成,长短相形,高下相倾,音声相和,前后相随。"老子真老子啊!

老子要是在这里打坐,或更有一番情怀。

老鸭岔垴以中原最高峰的姿态,同函谷关遥相呼应,呼应中回应的是灵宝。过了这灵宝之地,过了这雄关高岭,就是甘肃平川了。

当老子骑着青牛离中原越来越远的时候,老子一定是恋恋不舍的,没有这灵宝之地,他可能完不成《道德经》。有人说:"《道德经》像一个永不枯竭的井泉,满载宝藏,放下汲桶,唾手可得。"尼采都在其中享受不尽。老子西出函谷关后就没有了踪影,他是不知道把自己的形骸放在什么地方,还是执意想把自己的形骸放在什么地方?其实他要是留在函谷关或者小秦岭,他就不会"不知所终"了。

再过函谷关,猛然回头时,老鸭岔垴怎么就像端坐的老子,沉入五彩的夕辉中。老子,他把一世英名留在了一个让人高仰的地方。

漫川关

一

　　从来没有见过这样的古戏台，两个紧紧并排在一起，就像一对孪生兄弟，同高同大，不离不弃，一起走过数百年的岁月。

　　它们是两个雕塑，两个标本吗？不，一个个活生生的人物，走马灯似的晃动着，一声声道白与声腔，分明还在戏台的上空飘荡。

　　台下那么多百姓，他们聚精会神，目不转睛，跟着台上的人物同欢笑，共悲伤。激动处，或发一声喊，或落一串泪。那喊穿越了重重大山，那泪就那么挂着，来不及擦，顾不上抹。

　　就此，我似乎看到了上下合一的和谐场面，感受到长盛不衰的民间风情。

　　当然，第一次站在这里的人，都会有一个疑惑，如何两个戏台跟鸳鸯似的相依相伴，难道一台不够，还要一台？以前有对台戏的说法，难道常常以实景再现？那样，老百姓是看戏呢，还是看争抢？

　　后来弄明白，处于商洛山阳之地的漫川关，昔为秦楚之畛域，今是鄂陕之边界。在这里，南北文化相互交融，也相互包容。北边的戏楼对着关帝庙，每年三月三、九月九开戏唱秦腔，人们就称它"秦腔楼"。

南侧的戏楼对着马王庙，每年二月二、五月五演汉剧，所以又叫"汉阳楼"。遇到年节，今天你唱秦腔，明天他唱汉剧。或是上午你唱漫川调，下午他唱楚河弦。也有等不及的，那就两台大戏一齐来，反正老百姓喜欢的是热闹。

老辈人说，那可真是"朝秦暮楚"，"南腔北调"。这边的嗓音穿云带雨："你一声不响下凡来，我哪里知道绿水青山带笑颜。"那边的腔调滴露生烟："俺想你想到海枯石烂不变心，望穿秋水眼不干……"

无论什么调什么腔，小孩子都在台下又跑又跳地欢喜，大人们也都相携而来，看懂看不懂，都是挤得头挨头肩靠肩。时间长了，两个戏台子不演戏，他们还不习惯呢。

二

金钱河在不远处静静地流着，那里有水码头。水码头接纳来自南方的船帮客商，想象不到，秦头楚尾的漫川关，曾经百船联樯，千篙并奏，上货卸货，喧闹繁忙，颇负"小汉口"之名。那货物有铁、钒、水晶石、磷、石灰石、煤。还有柑橘、茶叶、油桐、棕榈及木耳、蘑菇。水路通着湖北的上津古镇，过夹河关入汉江，可直达武汉。还有繁闹的旱码头，接纳来自北方的骡帮商贾。

水旱码头由来已久，早在秦代，苻菁就在漫川关通关市，招远商，到了明清时期，古街上已是十户九商。秦楚茶馆、望江客栈、川陕鄂酒家等商号会馆不计其数，"泉盛源""樊盛恒""洪顺泰"等老字号旗幡招展。

现在看这漫川关，建筑特色非南即北，南方细致讲究，北方粗犷朴实。多是青砖老墙，雕梁画栋，楼台相连。白色的封火墙，有致地化出一片亮眼奇观。穿过一道道老街，就如穿过一曲别具风情的梅花三弄。

漫川关是骡帮和船帮的交易中心。船帮建有武昌会馆、湖广会馆；盐帮、西马帮、北马帮、关中帮建有北会馆、骡帮会馆。镇上的老鲁说，每年三月三为骡帮交流会，要在鸳鸯戏楼唱大戏；五月端午是船帮交流会，也会在戏台上唱大戏，在河上赛龙船。凡遇节日，漫川关从来都是热闹得很，有灯会、火狮、锣鼓、旱船，那个时候，使船的、走马的都要赶来凑这热闹。

老鲁高个子、宽肩膀、黑脸膛，显得十分豪爽。他说，这里深受秦楚文化的影响，既含北方之犷悍，又兼南方之灵秀。人情淳厚，民风简朴，重礼仪，讲义气。这帮那会的，相熟不相熟的，要有什么疙瘩，都会在这漫川关解决。解决绝不是拼杀火并，而是在帮会头人的操持下，摆一桌席，喝一场"摔碗酒"，之后便各自大笑着上路，再见面就成了兄弟。

漫川关除了金钱河，还有靳家河和万福河，可谓水域宽衍。而四周都是险峻的高山，南有郧岭，东靠太平，西有猛柱，北有天竺。山山连绵，构成这险要的一片天地。也就成了鄂陕咽喉，山水要道。就在这里，秦楚争霸、宋金元会战，加上李自成和太平天国，加上后来的"大刀会""红枪会"，可谓金戈铁马、硝烟弥漫。

多少年来，古道在山间盘绕，流水在山下回环。古道是接连不断的骡马铃声，水上是高亢沉郁的船工号子。人们从远方赶来这漫川关，绝对要到这戏台前，看两场舒筋活络的大戏，在老街上吆五喝六，喝一通畅快的老酒。高兴够，潇洒完，然后离去，重新踏上过关中、走西口的万里征程。那征程就有了念想，想着何时回返，还在这里看一看，吼一吼。那样，可真的是痛快地享受了一场人生。

三

随便走进一个个大门小户，都能感受到那种山川般的热情。在一个门口刚探头，未见人，先闻声："进来坐，喝茶呦。"

说话的老人盘腿坐在一张木床上，她的床很大，像一片田野。能够想象，她从小就常坐在田野间，坐在鲜花绿浪中。老人姓蔡，银丝满头，声高气朗。蔡奶奶喜欢人们到她家里来，来了就和人唠嗑。她身边的媳妇说，来找她的人很多，她也就惯了，没人来反而寂寞。

跟她唠起来。实际上你不说，她也会冲着你说这道那。蔡奶奶耳朵有点背，媳妇总是对着耳朵告诉她，而她说出来的话，却很清楚。

蔡奶奶说你们不知道吧，还是玄宗时，朝廷从江南挑了一百多个宫女，结果赶上安禄山造反，一切都乱了套。那些宫女就留在了上津和漫川关一带。你就想吧，多少年后，这一带该有多少好男女。再多少年后呢？再多少年后，就让我们看到了蔡奶奶。是呀，我说怎么感觉蔡奶奶不一般，年轻时是个美女呢。媳妇把这话说给蔡奶奶，蔡奶奶就搬着盘起的腿，张着没牙的嘴笑得前仰后合。

蔡奶奶说她家离戏台不远，小时候有事没事都会跑到那里去玩，她看过南来北往各种戏班的戏，还跑去后台看过人家卸妆。那时就想，卸了妆的人怎么跟商洛人一样呀！大家喜欢听蔡奶奶说话。媳妇说蔡奶奶的父亲曾经当过船工，你可以问问她。

蔡奶奶说，她从小跟着母亲去水码头卖红芋，有时候就会遇到使船来的父亲，父亲给她带来一条红绳或一只发卡，她就欢喜得到处显摆。父亲后来手受伤就上岸了，改做骡马生意。蔡奶奶说，早先漫川关往北有两条骡马道，父亲曾经带着她过碥头溪，越鹘岭，经高坝店去过县城。这个蔡奶奶，还真有些见识。

问起她的孩子。回答说孩子都好,连孙子都出息了,种着好几棚大田,瓜瓜果果吃不完,还让城里人尝稀罕。

媳妇说蔡奶奶早年还会剪纸,剪喜上"梅"梢,鲤鱼跳龙门,百事如意;会用玉米叶子编篮筐。媳妇说镇子来的人多了,都喜欢买些当地手工和土特产,有人就来向她学习,然后回去做了卖。

媳妇说文化馆还来找她问过民间谚语。大家就让老人家再说说,蔡奶奶张口就来。她说,"惜衣有衣,惜食有食"。她说,"明不尽的是理,走不完的是路"。她说,"河有两岸,事有两面"。听了让人慨叹不已,都夸老人家不简单。再问:"您老可会唱漫川大调?"媳妇对着耳朵大声说给她。她张口就是一句:"闲来窗后听周易,忙时船头看漫川……"

虽然气息从缺牙的缝隙跑出不少,但是悠扬婉转的韵味还在。大家听了,更是开心地伸着大拇指夸赞。

问她老人家今年高寿,媳妇说八十九了,比我大三十一。这一句蔡奶奶听见了,说,八十八,离八十九还差俩月呢。大家又笑了。走时看到她门上的对联:寿长寿高寿比山,福广福盛福如海。

四

离开漫川关,走上来时的路,那路在群山峻岭间盘绕,不知是不是当年的骡马古道,也许骡马古道比这更绕,它一直没入了白云之中。偶尔看到的那条水,早没有了大大小小的船只。有了高速公路,有了铁路,并且还有了高铁,水旱码头也已成了古董。倒是山腰间那些梯田,还像以前一样,生长着绿油油的庄稼以及丹参、杜仲、远志和山茶。

青龙山、卧虎山、落凤山、如意山,深深浅浅,层层叠叠,云气蒸腾,蒸腾出无尽的青山绿水。人们在其中,还在劳作,那是祖辈的形象。刚才从漫川关出来时,看到老百姓在路边,摆卖的都是自家的收获。那带有露珠的农家美味，让多少人流连忘返。他们的身后，是广阔的田野，永远带有希望的田野。

我感到了这片土地的丰厚与神秘，蘑菇、核桃、葡萄、大枣，都带有着一种纯粹的野性，这种野性制作出琼瑶，酿造成美酒。一个个小作坊，大厂房，无不告诉我们，旧的漫川关成了景点，新的漫川关仍旧是景点。你看那些不断涌到这里的人们，这里走那里看，吃着小吃，装着土特产，赶上时候，还可以看两场不同风味的大戏。

日月更迭，世事变迁，不变的是商洛永久的气质与情怀。

有山叫龟峰

一

来时，北方天空低沉，树上的叶子都快落完了，这里还是缤纷一片。树是青的，水是绿的，天是蓝的。眼前的那座龟峰，也带有丹霞的色光。

曹操说，"神龟虽寿，犹有竟时"。而这座神龟，已经存在了亿万年！只是它不爱张扬，自带着一种平实与内敛。是啊，江河湖海中的龟，哪一个不是静静的、默默的，让时光一点点滑过自己的生命？

现在，一颗硕大的晨阳，正跃上龟峰，将龟背染了一层润红。

从弋阳城走来，怀着新奇步步深入，就进入了一个新天地，龟的天地。

不光是龟峰一龟独大，龟峰深处，这里那里，还有形形色色的小龟，它们就像在一个神龟王国里，那么自在，那么随意。有的伸头探海，有的昂首问天。有的满身尽戴黄金甲，显得十分喜庆；有的浑身披绿毛，像是环保大使；有的新结情侣，亲切示爱；有的母子照应，相伴回家；有的三叠在一起，玩着童年的游戏；有的不小心，卡在了崖间……

精妙绝伦的山石中，还会看到史前的村庄、庄严的宫殿、定海的神针和层层叠叠的书房。还有一尊卧佛，眯眼守着这方净域。这些都是与龟有关的吗？

花草在四周葳蕤，野树在崖间张扬，泉水在身边激荡。转过山岩，猛然一道银瀑，透闪着阳光。落到下面，水却变成了重重烟岚。

在一个山坳，已经看不到更远，整个都是湿漉漉的感觉。原来是下雨了，雨带着云雾，像一张张帆，次第翻过。

雾气簇拥着走过栈桥，一忽明朗，一忽阴暗。不时有人尖叫，有人大笑。雨却不知何时停了。绕来绕去，没入了一线天，风跟着进来，瞬间有了丝滑的感觉。一滴水落下，落成磐的声音，又一滴水落下，落成鼓的回响。

从尘世到深幽，从喧嚣到静谧。

如果没有指示或路标，很难走出去。好容易寻到一个出口，一个戴帽子的绅士在上边召唤，赶到跟前，还是一只龟，迎宾的龟。

龟峰太险，太奇，太神秘。

二

山顶，湛蓝的天空，云朵翻卷。远处一道水流，是古老的信江。弋阳靠着信江，村子也靠着信江。水很丰满，水上各种各样的桥，有的建于明清时期。

下山时，小路上一位老人，边走边拖着长音在唱，草叶子在他的脚下打转。忍不住夸赞，问唱的什么。老人笑了："听不懂吧？弋阳腔。"

在弋阳，几乎村村都有戏楼，龟峰下也有飞檐翘角的舞台。弋阳腔是弋阳特有的，那腔调就像龟峰嵯峨起伏，如信江婉转悠扬。我说我知道，弋阳腔同昆曲、越剧、秦腔、豫剧一样，是老剧种。

老人再次笑了，伸出了大拇指。问老人对龟峰可熟，老人说他家就在山下，离龟峰不远。顺着他的手看去，看不到村子，倒是看到一片田园，田园的一个个色块，深情铺展。

老人说，山上空气好，没事就上来遛遛，换换心情。老人说，你们知道吗，龟峰可是有讲究的，神龟长寿，龟峰就是寿山，你们总是听人家说寿比南山吧？咱这儿说寿比龟山。

这是个健谈的老人，我们相随而行。老人还在说着，说龟是善物，伏羲时龙马从黄河驮着河图、神龟从洛水背着洛书而出，"河图洛书"就成了华夏文明的源头。别看龟不说话，但心里什么都知道。老人还讲了一个故事，村里有人在稻田捡到一只龟，龟的脚受伤了，这人可怜它，把它带回家养着。一年后，龟的伤好了，这人就让它回到田里去。可龟记着乡亲的好，总爬回来看他。后来那人死了，龟还是常守在他的房前。

大家听了，不由得感叹。问老人贵姓，说是姓方，立时想到方志敏。问，跟方志敏可有关系？

老人笑了，说，当然想有关系。方志敏，大英雄啊！但我这个"方"够不上方志敏，你要说三百年前，或许是一家。说得众人都笑起来。

问方志敏可曾在这一带打过游击，老人说，那还用说，龟峰的地势多好，那个时候，龟峰周围的百姓也不少，好组织。

三

现在要从水上看龟峰。龟是生在水中的，龟峰也当有水的滋养。夕阳渐渐下去，把一个巨大身形雕塑出来。想起古人的诗："形势如龟禀赋奇，昂头曳尾向溪湄。"

有山有水的龟峰，商周时期就有人居住，他们在这一带狩猎、种植，繁衍生息，成为上饶地区最早的先民。

漫长的历史长河中，这里成了文化圣地，白居易、刘长卿、王安石、陆游、杨万里、范成大、李梦阳，哪个没有来过弋阳、不知道龟峰？他们有的留下文字，有的受此感染，成熟于文学的修养及对人生的认知。

一只鸟落在水上，又极快地跃起，朝着龟峰飞去，把鸣叫洒在身后。

岸柳飘摇，田野的芬芳四处弥漫，湿润的风，让这个黄昏舒展而灵动。船漫过草汀，水中的草柔成了长发。

哪里响起了钟声，千年古寺已融入夜色，应了"夜半钟声到客船"的情景。说来也巧，这龟峰的寺庙，同寒山寺的初建竟是同一时期。

徐霞客来过吗？徐大侠一定来过。果然，公元1636年，徐霞客从浙江进入弋阳，季节同现在差不多。"达人所之未达，探人所之未知"的徐霞客见到龟峰，还是惊艳于它的奇景。他为此整整流连三日，不禁发出"盖龟峰峦嶂之奇，雁宕所无"的感叹。

思绪正浓时，手机收到一条短信，说家乡飘起了大雪。不知道龟峰这里下不下雪。朋友说，有时也会下的，等这里下雪了，再叫你们来。哦，那样，洁白的天地间，赭红色的神龟，该是另一番景象。

船在飘移，又似是巨大的神龟在划动。美妙尽在水的欸乃声中。

夜渐渐往深处去，尽管不舍，终是该离去了。

偶遇岱山

一

一个偶然的机会，我来到了岱山岛。岱山属于舟山群岛中的一个大岛，它在舟山本岛的北部。舟山群岛名扬四海，岱山岛更是提升了它的名气。据传，徐福为了替秦始皇求长生不老药，曾经踏访于此。而且早在唐开元年间，岱山就被命名为"蓬莱乡"。也就是说，岱山自古就有"蓬莱仙岛"之称。

来岱山必看摩星山。摩星山属于岱山最高处，三面环山，一面临海，是典型的蓬莱仙境。山上不仅山石嵯峨，绿树环绕，且常常烟云弥漫。慈云极乐禅寺，钟鼓清音，香气缭绕，游客终日不绝。古寺山门边有一岩洞，洞内阴凉透寒，洞顶的水不断滴落于池，发出碎玉清响，洞中一尊杨枝观音，怀里的圣瓶流出汩汩岩泉，有人接了来喝，甘甜润肺。走进古寺，感到走进另一个世界，让人想到寺的名字，也就觉得，这古寺同摩星山是多么相衬。

从慈云极乐禅寺出来，走出不远，便看到了山坡四周的碧绿青翠，一簇簇，一排排，像海浪，如罗髻。哦，这就是人们说的蓬莱茶园。简直想象不到，在大海的深处，在这摩星山顶，还有一片三百亩面积的世外茶园。那一垄垄的仙草，吸附着大海与蓝天的气息，生长得格外葱郁。有采茶女在其间说笑，两手在叶尖欢快地舞动。这是一群彩色的人儿，边采摘还边拍照，倒是不大像海岛的茶女。

来到了望海亭，这里背山面海，大海与仙山的美景尽入眼底。近处苍松环抱，茶园叠翠，山石或凸或凹，形态万千。远处千岛相映，如大小不等的钻石。舟船点点，鸥鸟跟着船儿起伏。养殖场中，有人划着舢板穿梭其间，像在写着横撇竖捺。初升不久的太阳，在海面铺展出一层莹光。转眼看到亭柱上的楹联："礼仙拜佛心诚则灵，望山观海亭虚即宜。"我现在是将整座岛想象成一尊仙佛，一切都在若虚若幻之间。

云雾升腾起来，回头看的时候，红红黄黄的慈云极乐禅寺也似在上升。海风吹来股股清气，到了近前，化作了薄纱一般的云，敷在这片天地间。刚才采茶的几位女子，身背茶篓，哼着轻快的山歌，从茶园中走来。我问，这茶可是名茶？前面的女孩说，可是呢，这茶叫"蓬莱仙芝"，属于浙江十大名茶呢。"蓬莱仙芝"，这名字倒是与蓬莱仙山相协相照。

问茶园每年能有多少产量，她竟然回答不出。倒是跟在她后边的女孩回答出来，说有十万斤。十万斤，那就是说，在中原的我们，也能有机会品到这种仙芝。

在周围又转了一圈，有些疲累，有人领着走进一间茶室。室内竟然就有刚才采茶的女子。原来这些是游客，专门来体验采茶的乐趣。她们每人都显得心满意足，有的拿着手机在发朋友圈，有的在喝茶买茶。而后便告别带领她们的女孩，说是去慈云极乐禅寺。

刚才领着她们的女孩，此时已经换了衣衫，净了手，坐在茶桌前，招呼各位坐下。一会儿工夫，她便给每人斟上了一杯清醇甘美的热茶。端起来，即刻有一股清香袭来。问她，可是用山泉冲泡？她说，当然，是禅寺里"现龙井"的泉水。品着茗茶，感觉身心俱静，疲累感一下子烟消云散了。聊起来才知道,她叫小夏,专做"蓬莱仙芝"茶艺以及相关生意。听我们说茶好喝,小夏笑了,说正宗的"蓬莱仙芝"谷雨茶比这还好,须在清明时节采摘。

在古刹慈云极乐禅寺品茶,分外增添了一种意味,让你想到"禅茶一味"的词语,那般美妙地在这里体现出来。何况还有大海呢!伴着大海,其意更佳。

二

临走的时候,小夏给了我们一个地址,说不远有一处民宿,是她和妹妹经营的,如果需要,可以打折照顾,吃住全套,别有风味。我们答应着告辞。岱山属于县治所在,一应俱全,食宿也都不贵。按照小夏的说法,享受一下海岛特色,倒也是可以的。

又转了一些地方,我们很容易找到了那间民宿。它离海不远,属于常见的老石头房子。顺着高高低低的石头甬道,先看到屋顶,屋顶由薄石板铺就,石板上有瓦,瓦上压着石块。一个不大的小院落,有正房和偏房,正房竟然是两层小楼。里面除了带有现代设备的卫生间,其他都像是原物配置。有煤气灶,也有灶火炉,床、桌子、凳子都是老旧的,床单和桌布、帘子也是渔家蓝花布。屋子收拾得很干净,到处挂着摆着花草、海铁树、贝壳、海螺、斗笠、船锚、渔灯等物件,很有古朴感。

小夏的妹妹热情地迎接了我们,倒了茶水,又一一带着看了屋子设备,而后就给姐姐打电话,而后就问我们吃饭了没有,要不要准备。我们看她一个人,怕忙不过来,她说,不要紧的,一会儿姐姐就会赶过来,很快的。我们就说,随意做,不要多。她就去忙了。刚才看到院子水池里有活鱼活虾之类。小夏的妹妹爱笑,笑了一低头就看了别处,不如小夏健谈。

一会儿小夏就来了，手里还提着从哪里现买的海鲜。说声"你们先看着电视，一会儿就好"，就进了厨房，厨房里随即传出滋滋啦啦的爆炒声。没有多大工夫，一桌子饭菜就上来了，有新鲜鲍鱼、海参、海胆、海螺、螃蟹、大虾，还有南瓜、竹笋、苦瓜等素菜，加上温热的黄酒，真的是让人大快朵颐。小夏姐妹俩不停地倒酒添饭，大家也让她们坐下一起吃。我们都吃得很快活，没有了陌生感。

吃完饭，有人要去看傍晚的大海，有人说累了，要在屋里喝茶，小夏就让妹妹在家陪着留下的人斟茶说话，自己领着我们往外走去。

到了海边，我们选了一块高岩坐下来，一边望着海，一边说着闲话。我问小夏父母是否也在这岛上，小夏说父母早就不在了，而且她也不是岱山人。这让我有些始料不及。聊得多了，小夏就讲起了她的故事。

小夏是跟着爷爷一点点长大的，她学习很努力，后来考上了内地的一所大学，但是被调剂到并不喜欢的采矿专业。大四那年，爷爷去世了，也就失去了家的感觉。她说，那个时候特别没有依靠感，想着哪位好心人愿意收留她，她会心甘情愿地奉献一切。后来出现了一个人，在她一直找工作换工作直到精疲力竭的时候。这个人就是岱山的胡哥，胡哥虽然比她大十多岁，却让她越到后来，越是感觉他就是值得托付终身的人。

他们是在一次漫长的火车旅途中认识的，当时她去看一位同学。同学说，你来吧，我在这里开了一家茶社，如果觉得可以，我们一起干。她就坐上了去金华的火车。她没钱买卧铺，靠在硬座车的椅背上经受了一夜的煎熬，醒来发现自己的包被人割破，手机钱包都在，但仅有的一点儿积蓄却不见了踪影。慌乱中她惊叫起来，而后是哭泣。胡哥就坐在她的对面，一路上并没有说话，这个时候递给她一张纸巾，问她都丢了什么，而后去找警察报警，还为她买了水和吃的。

小夏先下的车，下车时胡哥塞给她一百块钱。她留了胡哥的电话，说有了钱就还他。之后他们有了联系，她知道胡哥在舟山群岛，是一名船工，知道胡哥很忙，经常出海，只有休渔期会待在岛上。

她在同学的茶社，渐渐学会了茶艺，并且对茶也有了亲近的感情。很快到了春节，她留在了同学处。但那个时候同学已经有了男友，人家有人家的事情，春节期间同学还跟着男友回他家去住了几天。这使得她感到了孤独。好在还有胡哥，可以聊聊天。那个时候他们已经加了微信。胡哥经常会把家乡的风光发给她看，并且邀她有时间去玩。转眼到了五月，那是岱山的休渔期，胡哥再次邀请她。她就和同学告假，按照胡哥指引的路线，坐车坐船地去了。

到了岱山，小夏真的开了眼界。胡哥带着她去了鹿栏山下的海边，那里的沙滩细腻而坚硬，宽敞又好玩，有人在那里打排球踢足球，还有沙滩跑车。胡哥带着她开起了跑车，吓得她大声地吼叫，刺激极了，有几次差点冲到海里。还去了东沙古镇，胡哥说四千年前就有人在东沙角繁衍生息，徐福到东沙山咀头的记载，还刻有碑文。他们还去了燕窝山，那里的燕窝石笋尤其惊人。在那里胡哥让她钓鱼，她一条也没有钓上来，胡哥却钓上来好几条，有一条鱼很怪，她是第一次见。他们就在那里做了鱼吃，味道真的是好极了。胡哥还带她到了摩星山顶，在那里看岱山全景，也看大海日出。

小夏说，自此后她就喜欢上了岱山岛。胡哥说，岱山有几百个大小岛屿，只要她喜欢，就慢慢带她玩够。回去以后，她就总是跟同学说起舟山群岛，说起岱山的美。同学就打趣，说，你是喜欢上了岱山，还是喜欢上了那个胡哥？

小夏知道，胡哥结过婚，一直没有孩子，后来媳妇跑了。胡哥那几年痛苦极了，那次在车上相遇，就是胡哥听说了媳妇的一点踪影，去找了，找到了十堰那个男的家里，却没有见到两人的身影。那个男的曾经在岱山待过。胡哥却一点印象都没有。

三

不少的船已经进港，海鸥也多了起来，它们的翅膀被夕阳染红，在海面上刮过来刮过去，像是一堆卷起的彩色的浪花。天空正在改变着颜色，一些浅色的云并入了深色的云中。风吹得人很舒服，身边的蓬草也被轻轻吹响。小夏还在说着，她的长发一忽撩起来，一忽又落在肩上。

让小夏最终来到岱山的缘由，是一年后胡哥的失踪。开渔节后，胡哥随船出海，台风来临，紧急避风时船出事了，胡哥与另一名船员落水失踪。胡哥也是自小失去了双亲，家里只有一个妹妹。胡哥对妹妹很好，将妹妹带大送入寄宿学校，才开始上船出海。胡哥失踪以后，小夏和那个妹妹一直没有断了联系，妹妹总是在电话里哭，让她想起失去爷爷时无助的自己，她就辞别同学来看妹妹，最后决定留下同妹妹守在一起。她总是安慰妹妹，胡哥一定能回来的，她会同她一起，等着胡哥回来。

胡哥的老板先行给付妹妹一笔补偿金，小夏选择在摩星山开了一间茶社，茶社以妹妹的名义办下。她说，在这里可以经常看到大海，看到大海心情就会好些，或许也能看到胡哥归来。两年过去了，小夏没有走。小夏就期待着胡哥归来的那一天，对他说一句藏在心底的话语。小夏说，在摩星山，高兴的时候，就朝大海喊一喊，难过的时候，也对大海喊一喊。人家说，时间是最好的药方。现在，我把这种意愿放在与妹妹的相处上。我们已经走过来了，我告诉妹妹，我们只有愉快地度过每一天，才能让哥哥放心。随着旅游热的兴起，我们把胡哥家的老房子整治了一下，做成了一个民宿，让妹妹打理着。

我说，你们两个长得还有些像呢，你和这个妹妹倒是很好的伴儿。

小夏说，我也是这么认为，我们都失去了亲人，正好相依相伴。世界说大也大，说小也小，一切还是一个缘。

我知道，小夏已经融入了岱山的生活，而且她很热爱这里。她对我们说，你们在这里住上几天，吃吃这里的海产，喝喝这里的茶，去一个个海岛看看，你们也会爱上这里的。

大海已经完全变成了一片红黄的世界，海浪先前是暗蓝的，而后是金色，再后来是深红，渐渐又恢复到了暗蓝。

小夏告诉我们，摩星山的山脚下，还有一座超果寺，是舟山市最古老的寺院，距今有一千多年了。我忙着上网去查，果然，"超果"是佛教用语，意为世人超凡脱俗修成正果。宋朝时，超果寺已是岛中最称胜者，"基宇广延，肇造宏丽，松竹环山，莲池绕宇"。小夏说崇福庙那里还有明代的古戏台，戏台上有隔梁斗拱、飞檐翘角，还绘有人物群像、山水画屏，让人一看就有一种莫名的喜欢。听老辈人说，过去渔民出海或者打鱼归来，还有过年过节，那里总是唱大戏，现在有时也有表演。小夏说，在刘家岙村那里，还有五棵桂花树，都是二三百年的大树，东靠山林，西面大海，开花时满树金桂飘香。很多人都会去看。小夏说，你们要是开渔节来，更是热闹，也更能体味到岱山渔家的民风民俗。

小夏像一个岱山的讲说员，讲说得激情四射，似乎岱山就是她的家乡，而她就是岱山的女儿。

大家静静地望着海。小夏轻轻哼唱起来：

啊，岱山岛啊
美丽的岱山岛
船儿一般轻轻摇
海浪托起了明月夜
云间接起了桂花桥

想你的人啊在远方

思念随风飘……

很好听的声音，有一种金属的质感。小夏说，她上学时参加过校文工团。我说，这是你作的吗？小夏说，不是，是她们民宿住过的一位艺术家唱的。

明月不知什么时候挂在了半空，有云快速地掠过，使得月辉从一片片云间射下来，将这里那里打亮。粗壮的木麻黄发出沙沙啦啦的声响，似乎在配合着海。岱山，已经进入了夜的时间。

我们决定住下来，好好品味一下岱山。我不知道，这决定里，是否有着小夏给予的某种提示。

幸福栗子坪

　　一重重的大山，叠夹着一重重的烟气，像是所有的山同时发力，在吞吐云烟。

　　到处都是山溪，每一道山溪都会有一条河流接应，接应到外边，就变成了万里长江。古时候的人就是这样循着水来，找到自己的栖息地。

　　五峰土家族的栗子坪地处鄂西南边陲，武陵源深处，曾经人迹罕至，虎豹频出。栗子是栗子坪的旅游大使，看到漫山遍野的栗子，就找到了这座云上古村。当然，还有色彩缤纷的野花，她们就像一个个美丽的女子，嫁给了栗子坪。山荆结着透明的小果，锦葵像袖珍的喇叭，娃谷垂着一条条编织精细的长辫子，还有紫色的马鞭草、白色的奇蒿、红色的醉蝶花。

　　每一条小路都通往一座富有土家风格的老屋。老屋依山就势，层层叠叠。

　　进入一个敞亮的院落，黄泥黄木的墙，檐角飞翘的瓦，老旧的手磨、风车和背篓，一盘盘晾晒的栗子，给人以生活的亲切感。女主人叫孙艳珍，娘家在宋家河村，嫁到栗子坪已二十几年，两个女儿，大的上班，小的在武汉上大学。说起来感叹，以前村子送出去一个大学生好难，考得也难，走得也难。现在小村送出去无数个大学生，觉得那般容易。以前出去的人再也不回来，现在出去的人回来的越来越多，他们说以前恼恨怎么生在这样的地方，现在庆幸竟然生在了这样的地方。他们说以前一说栗子坪没有人知道，现在一说栗子坪就满带骄傲。

我看到挂在柜子里的服饰，土家人善于用织锦和刺绣美化自己，姑娘的腰膝间必有一块色彩艳丽的织锦，他们叫"西兰卡普"。土家姑娘从十岁学习编织，出嫁时便有了自己织出的打花铺盖，上边绣着桌子花、阳雀花和九朵梅。

孙艳珍说过年家里会有三桌人，大家会唱歌起舞，热闹异常。在她的讲说中，我看到土家人节日里的欢乐：打溜子动听而喧闹，薅草锣鼓喜庆而欢快，茅古斯舞透着祖先的坚毅，板凳龙舞有着生活的红火与幽默，还有皮影戏、傩愿戏、踩堂戏。这是土家人的歌吟，也是五峰山的声音。没有人能阻挡住那恣肆的豪情与浪漫。

土家人有土家人的生命哲学，新生命呱呱坠地，他们跳花鼓唱山歌，赞美生命又一个轮回。老人辞世本该哀痛，乡亲们却自发聚集跳起"撒叶儿嗬"，通宵达旦，长歌当哭。女孩出嫁本该高兴，却约来九姊妹陪着哭嫁，惊天动地，长哭当歌。

土家习俗传了一代又一代。古老的杉树在屋子四周摇摆。溪水的声音轰轰传来。

来到另一户人家，首先看到屋子正中的地火，地火上满屋顶的腊肉，悬着喜庆与富裕。这是何克廷的家。

老何说，村头像螺髻的山峰叫金顶，又叫梁山寨，五峰这片区域海拔两千米，村子也有一千三百米。山里有蜿蜒而过的茶马古道和叮当的驼铃。马勒坡、梯儿岩、楠木桥，经栗子坪到百顺桥出去，差不多有一百公里。真的是不到这里，不知道山之远。

旁边一个中年女子，是二儿媳妇，叫简琼。因一次意外，丈夫去世，简琼就一直守在这个家中，守到女儿考上长江大学。如今她是村支部委员，自己开了一个小店，平时还会上上网，把栗子坪介绍出去。她说着，眼睛看向远方，远方有一只鸟在飞。她开的小店就在前面，再往前还有她家的民宿，阳光里一片黍黄。

在栗子坪，让你感觉到秋天比春天更有味道。秋天是栗子表达的时候，整个山村都是甜甜的芳香。他们已经会上网，网购的信息，雪片一般飞来。他们用竹编的篓子装着这些果实，邮向远方。

走到哪家，都是整洁、干净的，听见来客，就有人走出门来迎接你，你刚坐下，就给你端上一大堆吃的，邀请你住下。说起栗子，他们会说糖炒栗子、水煮栗子都是普通的吃法，他们会给你做栗子烧肉、栗子烧鸡、栗子煮香菇、栗子炖玉米、栗子扒白菜、栗子烧豆腐，还有十碗八扣和土家咂酒。就怕你的胃小，装不下这些来自大自然的美物。

还是那条茶马古道，现在的人们，从这里出去，是幸福出发，从这里进来，是幸福回家。

尤其是过节，那些出去的山伢子、山妹子，都会带回外面的消息，也会带回外面的媳妇和女婿。

村支书正在召开屋场会，收集社情民意。时代变了，大山变了，山里的人也变了。山谷给了他们众多的好处，不远处就有一个滑雪场。来滑雪的人们，自然也要来古村看看。美在深山，情在深山，贵在深山。离开的时候，一群鸟越过山峦，没入了云端。

纯净的寓言

没有什么山能比雪山更让我激动。

我所说的雪山不是冬季北方飘扬白雪的雪山,那种雪山太平常、太缺少浪漫。无非一场雪覆盖了大地也便覆盖了高山。这是北方很自然的事情。这种风光虽好,却少神圣。

我所说的雪山是高原上的雪山,世界屋脊上的雪山,是无论什么季节都存在的雪山,是永远显现着银光、显现着威严的雪山。

这种雪山处在海拔 4000 米以上的高度。上边空气稀薄,时时氤氲着寒气,时时都会飘起雪花,甚至一夜间因堆雪过重而发生雪崩。

这种雪山看见都很难,别说攀登。这种雪山始终是登山者的神祇,是人类与自然的抗衡点。

卡瓦格博峰,至今无人登攀的处女峰,人类多少次尝试,都以葬身为结局,当地人拜为神山。

只要是高海拔雪山,山上的积雪或许经历了无数个世纪,有的还有久远延续的冰川。

很多雪山常年白云弥漫、风雪障眼,很难看到它的真容。

雪山往往从上往下分割成不同的四季,在它的四周,甚至有各种花草、各种动物陪衬着,能上多高,就存在多高。这些耐寒的生灵同雪山一样,享受着雪,热爱着雪。

走向这类雪山，须要先走过险峻的道路，攀过一道道在北方来说是高不可越而在当地普通得无法再普通的山谷。

走向这类雪山，最好是在夏季，顶着高原的太阳。在一步步接近雪山的过程中，感受雪山的遥远与艰难，奇巍和冰寒。其他季节，大雪弥漫，早早封死了进山的道路。

我去看卡瓦格博，乘的车子很早从德钦出发，一路上总是遇到顶着星星看山的早行人，其中还看到了昨晚同住一个旅店的老外唐云，唐云是意大利女孩，她起早了两个小时，才走了一半。坐上我们的车子，感觉她已走得气喘吁吁、热汗津津。而这样一个外国女孩，竟然为了心中的雪山甘冒风险。

当然，那次我们只是看到了偶尔露出的一个雪山尖尖，接着就云遮雾障，再也无缘见其芳容。值吗？值。我问唐云，唐云也说，值。而且她还要呆下去。卡瓦格博雪峰，一年也见不到几回。这也只是在它的对面，下边是澜沧江大峡谷。越过大峡谷到达山脚下，还可以骑上当地百姓的马匹往上走一阵子，也就是到高高的冰川下而已。

我曾试图攀过一次雪山，上到将近5000米的雪山垭口，发现雪离我已经很近。好不容易上到了顶端，摸着了那硬硬的积雪，可我立时就认识到自己的错误：还有更高的雪峰在它的上边，只是由于角度而难以看见。

我已好多次走向雪山，我到过天山、高黎贡山、贡嘎雪山、岷山、哈巴雪山、白茫雪山、梅里雪山、碧落雪山、玉龙雪山。后来又到了巴颜喀拉山、唐古拉山、昆仑山。

瞧，那山上的积雪。已感觉出寒冷的气息。还有那么远，格拉丹东雪山的凉气已侵袭了厚厚的衣装。刚才还汗涔涔的，现在通体透凉。格拉丹东雪白的身躯一点点凸现在眼前，阳光下特别刺眼。

尽管我离格拉丹东还有很长一段距离，而要攀上去也是一件不可能的事情，但我满足。

我对雪山的热爱无以言表，见到雪山时一切都有了，一切都没了。一切都想表达，一切又都不知道说什么。站在雪山下，只是长久地仰视。

雪山，最纯净的寓言，最圣洁的昭示。

柿柿如意

一

周围有大龙山、凤阳山、跑马山，还有小峨眉山。这条蜿蜒的小路上，曾经走过铜铃叮当的马帮，向神垕源源不断地运送着用来烧制大宋钧瓷的瓷土。

今天你再顺着古道走来，走到这群山之间的刘门，就会看到一丛丛一簇簇的红柿子，它们就像花一样在金秋开放，开得满山遍野都是。远远望去，你不会把它们想成是一树树的果，因为它们太炫目，太烂漫。它们简直要把远近的天空烧红了。

太阳翻越一个又一个山头，好像就是为了落在这片柿树上，为了给每一颗柿子涂上一层红釉。柿子感到了温暖，它们快速地膨胀。一棵棵树到了最丰满的时候。柿子成熟的声音，同钧瓷开片的声音一样动听。

一群羊从树下走过，如一团团白色的祥云。羊的叫声阵阵传来，柿子怦然心动，纷纷下落。羊一定看见了柿子下落的慢镜头，柿子落地的一刻，便是一朵花绽放的最佳时刻，那简直就是光芒四射。

什么鸟猛然飞起，就像是一颗柿子从树上弹向了天空。还没看清，又有更多的鸟呼呼啦啦弹射成满山的绝响。鸟也喜欢这样的地方，喜这样的红火。

还有那么多游客，顺着曲曲弯弯的山道进来，站在树旁，高声地笑，快乐地嚷，喜欢不够那红柿子。他们的目的就是来看这满山满谷的红灿，满山满谷的喜庆。

刘门村的领头人李海亮说，架不住人多呀，简直就是赶大集，像是相约着回娘家，从条条道路奔着刘门来，来过红红火火的团圆节。

二

刘门属于河南省禹州市磨街乡，在神垕西边10公里。李海亮说："俺这个刘门的'门'字里有个'外'字，电脑字库里没有。"怪不得他们说刘门都说成"刘门儿"，那是这里特有的发音，那音沉实、板正，就如一棵柿树撒向天空的憨厚与坚毅。

李海亮说："俺这个'门儿'，也可以这么讲：外边的人进来，就是一家人，你在这里吃在这里玩，都会让你高高兴兴、舒舒心心。咱村里人都这么说，叫包你'柿柿如意'。"

不是刘门人会说，山里人都有一颗淳朴的心。

红红的柿树带有对这片山水的理解，它们一生就生得圆润饱满，晶莹剔透，让你想摸又不忍下手，想吃又不忍下口，你就那么一个个看着，看着就觉得过瘾，觉得满足。你说哪个不是通灵宝玉，不是精美的艺术品。

一脸胡茬子的老人说，吃吧，柿子养人啊，吃了柿子能御寒，还强筋骨。"霜降到，柿子俏；吃了柿，不感冒。"

他身边的老人接着话头说，柿子是好东西啊，俺们山里人都靠柿子养生哩。俺们这里的柿子，皮薄、肉鲜，专家们都说营养价值高，含有胡萝卜素、维生素、葡萄糖，维生素C的含量是苹果、梨、桃的20倍，还能清热解毒、降压止血。人家中医都讲，连柿蒂、柿叶都是好药材。

大家围在一起说着，笑着。幸福从他们的脸上释放出来，让你觉得他们都成了柿子专家，成了柿子的推广员。他们懂得刘门的今天，他们的今天。

曾经在这里蹲点的村干部也说，这里的柿子好吃，果糖含量高，为啥？海拔、日照、温差，都有关系，而且这里的土可是陶土，里边有各种矿物质，金贵着哩。要不古代皇帝用神垕的瓷器喝茶吃饭？

三

以前刘门人晒柿子，都是晾晒在石板上、屋棚上和场院里，一摊摊一片，站在高处看，就像晾着一块块红被子。但那个方式落后了，还招鸟虫。现在都是吊挂起来，集中在一个棚子里。

李海亮把我领进村集体的一个棚子，外面看不出特别，可是当你掀起红门帘，你就会在心里叫一声，就像是进入了一个秘密藏宝的地方。淡淡的芬芳中，满屋都是一挂挂金黄的柿子，每一挂从上到下，那么长，一挂挂地排列起来，从这头直排到那头，前后左右，整齐划一。

柿子要自然晾干，直至晾成结结实实、甜甜蜜蜜的柿干。能有多少斤柿干？李海亮说，一棚有20多万斤。我以为听错了，再问，真的是20多万斤！

有人端过来一个口杯，立时就闻到一股好闻的味道，抿一口，酸中带有一点甜。刘门村人不仅把柿子晾成了干，还做成了醋。有人又递过来一个杯子，说是柿子茶。啊，好喝。

李海亮说，咱农村人割舍不下那些柿叶，捡回做茶。这柿子茶，也是格外养人，柿子有啥营养它有啥。大山里的柿树，可真的像农家的耕牛，全身都是宝。

四

　　一棵高大的柿树吸引了我，它的身上缠满了红布条。它是那么美，旁逸斜出，遒劲彪悍，胸怀广阔，让人看了动心。树梢上架着两个喜鹊窝，喜鹊讲究，不是好树它看不上。

　　问一位老者，老者介绍，传说西汉末年，刘秀昆阳之战兵败至此，人困马乏，在柿树下摘一颗下肚，立时感觉脆甜多汁、满口留香。抬头的时候，看到漫山遍野的红柿子，随口就封了这棵为"柿树王"。现在的这棵柿树，已经是同根滋生的第三代柿树了。这个传说有情怀，有意味，所以老百姓爱听，所以再苦再难的日子，老百姓也护着它。

　　这棵柿树就像一个人挺立着，刘门人都喜欢到这棵树下站站看看，诉说诉说，他们把它当成了亲人，在外边娶了媳妇回来，也要带来照一张相。我摸着这棵"柿树王"，树皮很硬实，它的纹路像山道，一条条深嵌在土石间。村里人说，柿子树耐活，不在乎水土环境，没听人家说嘛，千年柏万年槐，还得跟柿树喊伯伯。

　　站在高处看去，层层叠叠的村子和层层叠叠的柿树，构成一幅故乡的温柔画卷。谁见了，心底都会响起一声暖暖的呼唤。回头时，一股浓浓的岚气包裹了我。

　　离"柿树王"不远有一个晾晒棚，里面晾晒着一串串的柿子。李海亮说，这是村民方晓辉家的，起码有5万斤。没见到方晓辉，先见到了他妻子赵玉盼，赵玉盼家是禹州的，问怎么嫁到这里来。赵玉盼就笑说，好才来，不好谁来？他们已经有了两个孩子，大的上初中了。李海亮说，夫妻俩看着外边来的游客越来越多，就开了个小饭店，招待客人。

　　走进一个屋子，高大帅气的方晓辉正手握炒锅、挥舞铲子忙着。他说，今天不走了，在这里尝尝咱的柿子饭，过去你可听过？蜀黍面，开水和，胳肢一夹就是馍。咱老百姓，咋着都能吃好，现在更不用说了，光这柿子就能给你做出好多花样上桌。

饭店名字起得好，叫红柿林农家院。客人坐在林子里，看着一树秋意，品着一桌香甜，心就先醉了。

五

山风拂动，一些叶子被带去了远方。村庄在深秋的风中吹着口哨，炊烟的围脖挂在老柿树上。时不时有鸡鸣狗吠，自这里那里传来。

上到一个高冈，看到一些柿子树挂着各种小牌子，有大禹尖柿、升底尖柿、大辣椒尖柿，有磨盘柿、黄斤柿、牛心柿、莲花柿，还有绵黄蛋、贵兰青、八月黄……李海亮说，这是村里联合科研专家培育出来的新品种，有20余种，像太秋、阳丰、次郎等水果甜柿，鲜嫩酥脆，汁多味浓，都是人们喜欢的。李海亮说，他们还试着将野生小果甜柿的优质砧木，与其他柿树进行嫁接，以长成新的高端柿果。

刘门人越干越有劲头，他们要把这里打造成品类齐全的柿子园。目前，刘门柿树种植已有4800亩，鲜柿产量超过了260万斤，加工的柿饼也有60万斤。

遇见一个叫杨战国的从山道上过来，他说自己54岁了，种了40亩柿树。问他一年有多少收益，他不好意思地笑了，说有10万元左右吧。感觉比去外边打工强多了，这样守着家，守着柿园，干着自己喜欢的事，更主要的是能看到自己的劳动成果，看到外边的人在柿园里随意采摘的快乐，自己也跟着快乐。

阳光从树上溜下来，照在两位在树下劳作的老人身上，他们在刨红薯。柿子树下竟然藏着这么多好东西，一个个红红的、胖胖的红薯从土里露出身子。老两口一边刨着，一边抬起头向我们笑。

柿子丰收了，村集体有了盈余，就想着为村里做点好事，他们建起了"幸福院"，8位孤寡老人过上了康养生活。在幸福院遇到了67岁的李振杰，他说起话来不停口。他经常站在幸福院的大门口，这里是一个高地，能够看见起起伏伏的山岭和起起伏伏的红柿子。

村里还成立了"天使育基金会"，资助家庭困难的学生完成学业。今年柿子大丰收，对考上博士研究生的两名学子以及5个考上大学、8个考上高中的孩子给予奖励。他们管这项计划叫金秋助学，鼓励孩子们逐梦启航。

是因为这里的山水，还是这里的土地？柿子的选择就像深扎在这里的人们，一辈子无怨无悔。儿女大了，一个个走了出去，留下老人和这些柿树，有些柿树任由柿子挂在树上，一直到雪来的时候，红灯笼般照亮这个世界。老人们走出房门，仰着头看着，说，这场雪过后，年就快到了。

我听到了那首民谣：

> 柿子点灯年年亮，
> 俺娘站在村口旁。
> 跑马岭上望一望，
> 孩儿就要回家乡。
> ……

黛眉是座山

一

太行山始终以峻拔奇伟、厚重壮观著称，巍巍不知其始，荡荡不明所终。为何黄河三峡尽头，现出这么一座峻中出秀的山？或还是因了那个名字？那名字太秀气，太雅静，说白了，太女性。能让人想起一条乡间小路上，一位带有芳草气息、村野韵味的女子。如果有人远远地喊一声，满山满谷都会响起回音。

来了才知道，还真有一个叫黛眉的女子，一个丰姿绰约的女子，曾经是汤王妃，聪慧贤淑，助君成功，后遇冷落，执意出走并隐化此山。我相信，王宫里不缺美人，黛眉的离去也许于商王无损，但多少年后，一个时代连同那个王都不复存在，她的名字却同山一起留下。我们不必查证传说的真伪，那不重要，重要的是人们对于美好的欣赏和追寻。

山若有了灵气，是挡也挡不住的。在通往黛眉的山道和水路上，各种念想与追寻不绝于途。

二

进去了才知道，这山是何等奇崛险峻，百态千姿。好容易攀上一座高崖，又会面临一道深谷。如此峭立，如此幽深，又如此盘旋，进来就不知如何出去。峡谷中穿行，顾了脚下顾不了头上，什么时候猛然抬头，会发现从天而降的一块或方或圆的山石，轰隆隆砸落下来，猛然卡住，不由惊吸一口凉气，巨大的声响凝固在原地。往前翻越多少年，可想这片山是多么的兴奋活跃，山呼海啸，水火翻腾。平息过后的巨石，不管不顾地保持着初始模样，有的被两峡夹持，有的被一石托住，有的与崖一丝相连，给它一点力，必会扑下壁立的谷底，可它就那么高帆一般，乘风破浪千万年。还有一块块叠在一起的山岩，似一摞子天书，摞得太过随意，歪歪扭扭得要倒。有人又说那不是书，是汤王面对黛眉忏悔，汤王想起黛眉的好，寻到这里，黛眉却是不改初衷。

又是一道峭崖下的空旷峡谷，正是人们想象中的万丈深渊。只有鸟在这深渊里恰恰地划，叫声掉落渊底又反弹上来。追着鸟看的时候，就追上了天穹半弯明月。大亮的白天，怎么会有月亮？可它真真的挂在山顶。从擦耳峡挤出来，觉得它是黛眉的发梳。

再转过一道峡，又会发出一声叹，陡直的山峰直上九霄，飘来一块白云，被拦腰扯得七零八落，半山里变成烟岚，幻成雾海。有些云本要带着雨去远方，到了这里，也被撞得稀里哗啦。

这里云雨多了，植被就旺盛，林繁藤茂，气候湿润，人在其中，常常遮眼障目，所以时时爆出大呼小叫。好容易绕进一处平坦之地，竟然感觉是到了山的怀抱，那是多么大的一片草地，各种野花点缀其中。花草在山怀里心旌摇荡、风情万种。那阵势，完全是一幅天苍苍、野茫茫的景象，来了的人们，扑进草中，再也不想出来。

所以，一味地认为黛眉山展现的是奇险嵯峨、深峡断谷就错了，她的气质，还在于她的不舍苍葱与翠秀。一个倔女的不羁她有，一个秀女的优雅她也有，她不甘平庸，不甘寂寞，在此尽情腾挪，尽情舒展。由此，黛眉也真的让人有一种亲近感。

三

然而，黛眉还会说，只有山仍不构成佳景。你再看山前，竟是一条河，而且是中华民族的母亲河。河在这里拐了个弯，这一弯就是270度，因小浪底工程，这里变成了浩渺的一汪碧水。站立山巅，遥望出没于云间的太行王屋，俯瞰滔滔涌流的黄河之水，觉得黛眉所占位置实在是好，她与之共同组合成了不可复制的山水胜景。

这么好的地方，不来都要遗憾，杜甫有首《新安吏》，那是当年回家路过新安，心绪正乱，显然错过了黛眉山，若是面对这满山佳韵，一水幽梦，不定会诵出"迟日江山丽，春风花草香"样的感怀。李白呢？过来洛阳多少回，也与黛眉擦肩而过，否则也会有"待吾还丹成，投迹归此地"的激动。我相信墨子来过，墨子看山又读水，由此形成他壮阔的思想和胸怀。

太阳不断地为黛眉补妆添彩，忙碌了一天，这时要归去了。黄昏时看黛眉，就看见了那俊丽的虚虚实实起伏有致的眉峰。这眉峰，正有一汪秀眼来配，此刻那秀眼更显得微波脉脉，澄澈清明。

渐渐地，一切都覆在了静寂之中。站在黛眉山上，天地广阔，星星尤其多，尤其亮，好像举一张网，就可以网一兜回去。流星在比照黛眉山画眉，左一道，右一下，长长的秀眉在天空闪过。这时会听到各种各样的声音，轻微的，尖锐的，单调的，双重的，在山的四周此起彼伏。而你又会感到另一种声息，那是黛眉的声息吗？此时她一定是睡了，真的，已经看不见水的亮眼，好看的眉，也只留给月亮守着了。

扬 州 慢

扬州，在二十四桥的吹奏中成形，在扬州八怪的醉梦中丰满，李白三月的烟花，还开在缥缈的水上，胡须长长，白发苍苍的扬州，仍是那么灵气十足。

我来的时候，下了一路雨，到扬州还是湿漉漉的。我感觉这正是我要见的扬州，她一定是润泽的，水汽蒙蒙的。尽管朝代更替，时光荏苒，但是扬州的韵味没有变，那是一种自古渗出来的韵味，这种韵味可从唐诗宋词中钩沉出来，从明清画意中寻找出来，从飘自扬州上空的馨香与轻歌软语中感觉出来。

而且你一来就会发现这里是水的繁华、草木的繁华。瘦西湖是多么让人安心的存在，少了瘦西湖，就少了美丽扬州的内在气质与空间效果。这养眼的所在，好比街头一个女子逶迤而往，摘走了你发呆的目光。

瘦西湖就那么汪着、柔着，自然地流入你的生命。你知道，每个人心中都有一个仙境，但是到了这里，必会与心中的景象对接。你看，瀑布在山间流，白云在湖中浮，寺与塔、船与桥、阁与楼，搭配得多么自然。生活在扬州的人，多在湖的两岸，静静的，站着或坐着，他们似乎在等待什么，又似乎从来没有什么可等待，水的欸乃中，时光轻轻拂过了。

喜欢扬州的人，总是很快能融入扬州本身，他们行走，腿脚的摆动不是无奈的奔波；他们坐船，岁月的颠簸与船上的晃悠成为两个概念。他们湖上住住，林间转转，拜拜佛、燃燃香、登登塔，把忧烦拂去，把急躁放下，让清香与清水的缭绕放慢心的节奏，或似一种禅修。

桥上一个女孩在打电话，声音细巧而又张扬，似在极力向谁释放自己的快乐。而后她抬头看天，天上满世界的蓝。

扬州是一篇散文。按照过去的说法，散文是形散神不散，实际上，我这捡拾散文的，在扬州是形散神也散了。

又一场雨后，湖水现出空蒙气象，似覆了一层薄膜，与天上的气团相照应。似有若无，娉娉袅袅，到了高处又没有了。只有细细地长时间地凝注才会发现。

这时你感觉湖是有温度的，它在呼吸，或者说在喘息，很轻，凸凹的地方涌动尤为明显。让你很想上去触摸一下，那种触摸必是带了感情的。

太阳不知何处何时升上来，它越过那些树，霎时就像树上开出来无数金针，若果有声音的话，不知它会发出什么样的声音。

一只小船划过，拖带着长长波纹，一下子勾起我对故乡的回忆。许多游子的心中，一定都有这样的船儿，无声地穿过。

我有时会想，你是谁呢？你是我见过的还是没有见过的哪位？你走过江南的雨巷吗？你甩过飘逸的水吗？你把一湖碧水，瘦成了曲水流觞般的一首诗韵，一曲优雅婉转的水磨柔腔。

必是要在水中划一划船的。船是近距离接近瘦西湖的最好方式。

湖中的船像一条条游动的鱼，波翻浪卷，花草喧腾，扇形的鱼尾纹，让湖一次次活力张扬，春华回荡。

船上的感觉真好，两岸亭台楼阁，一路鸟语花香。过了一座小桥，雨竟然停了，只有一些余音，还自垂柳的梢头滴滴垂下，敲打着水面。

阳光赶着过来填补雨的空隙，实际上为雨打过的地方，上了一层釉，越发夸大了雨的作用。阴与晴的循环往复，构成了瘦西湖的另一种审美，渐渐湿润，微微暗淡，而后又猛然开朗，瞬间清明。

船一会儿在光影之外，一会儿又在光影之中。钻过一片柳的时候，柳把一串水连同阳光甩进了船里。

进入了狭处，两岸的草木能拉起手来。光线也便阴晦，那种阴晦绝非让人压抑沉闷的阴晦，而是有了一种微妙的感觉，你或许就是需要这种感觉，在大明大亮之后，在大平大顺之中。

瘦西湖妙就妙在这里，有时看着前面到了尽头，却腰身一扭转入了另一蹊径。这样走着，你会觉得那些冈，那些弯，还有柔着那些冈和弯的水，就是女人做的，女人的腰，女人的胸，女人的臀，女人的各种姿态的媚，构成了这个湖。天下西湖三十有六，唯有此湖言"瘦"，瘦得这般味道。

人说，芳土孕育千年秀，扬州自古出美女。岁月匆匆滑过的香裙丽影中，飘闪出多少日月山川所钟情的尘世精灵？那美女，也是要算上林家黛玉的。黛玉从小在扬州住过，说的一口扬州土语，她喜欢扬州的景致，瘦西湖与一个柔弱女子，该是怎样相知相照。可惜后来她不得已离开，再没有回来。扬州人说，若果黛玉还留在扬州，就不会陷入什么劳什子情感漩涡，不会把命搭进去。黛玉某些地方，是和瘦西湖合在了一起。黛玉走后一直没有再回来，只把那声慨叹留下：春花秋月，水秀山明。

在湖上久了，会发现湖总是在变化中，有时候，湖上静得没有一丝风，燕翅低低斜过，擦玻璃似的，把水面擦得越发明净。有笑声传来，树荫下有人在拍婚纱照。真的是选对了地方，美景良辰，寓意和幸福全在了其中。

湖岸边有着各种姿态的柳，有的整个弯进水中，像在濯发，有的仅一长枝落下,似在垂钓。传说当年杨广在扬州遍植垂柳,柳树在扬州也就越发多,至今仍是扬州的市树。柳树中间,怎么钻出一株凤凰树,远远的像谁撑一把红伞在眺望。还有金丝桃,调皮地蓬勃在桥边,根根金丝朝上翘着,垂着的花,蝶一样晃。

真有蝶舞,在这个五月,如絮一般,纷纷扬扬,弥漫双眼。那一群的白蝶,似来自花草,或来自湖水,舞着舞着不见,哪里陡然又起。

还有一种白花,扑扑棱棱从假山石上漫下,像止不住的瀑,流到了湖中。

莲花桥处,竟然听见了蛙鸣,一声、两声,千万只青蛙的合鸣让人兴奋。而你还看不见它们,它们在乐池里构成群体力量,将21世纪的正午奏响。虽然它们比之唐宋明清仍然是老调重弹,你却觉得那么新鲜而富有震撼力。

清脆悦耳的棹声与沉郁浑厚的号子远去了。早在唐代,扬州就是长安、洛阳之后的第三大城市,前两个尚属北方区域,独扬州彰显江南风情,而且她依傍长江又襟带运河,这就更使得各方才俊趋之若鹜。

顺着瘦西湖一直往前,就是比瘦西湖更老的古运河。经过千年翻腾,自是没有瘦西湖明秀,到达便宜门附近,就看见了康熙、乾隆下江南拐入的水道,多少次,那条水道波翻浪涌,掀起扬州一个又一个高潮。

康熙和乾隆一次次下江南,都要在扬州停驻,不唯要住下来,还要走动,还要作诗,每一回都灵感闪烁,光乾隆写的诗就有两百余首。那种喜欢,只差没把墓地选在这里。

突然听导游说,再往前就是瓜洲了。我以为听错了,瓜洲,那个文学诗词中的著名坐标,怎么会在这里?"汴水流,泗水流,流到瓜洲古渡头。"从我所在的中原出发的汴河可直达瓜洲古渡,而后并入长江滚滚入海。那么,江南运往中原的货物,也是在这一线北上。尤其在宋代，沿汴河入都城开封的船只可谓舳舻相接。"楼船夜雪瓜洲渡""京口瓜洲一水间"，"瓜洲棹远荻花秋"。儿时，吟诵着这些诗句，总不知道瓜洲在哪里，原来就在扬州地界，可想瓜洲对于扬州是多么给力。

我久久地看着湖水，我想看到它的深处去。它的深处有什么呢？瓦砾、箭镞、皇冠，抑或诗书？或还有钱币的铜锈、商女的泪水。我看见来自西域、东洋甚至更远的人士，一波波的人来了又走，走了又来，还有一些人留驻下来，直至老死，彻底融入这片滋阴养阳的水土。

我的记忆有句："腰缠十万贯，骑鹤下扬州。"我觉得鹤是在天上飞，自然是下扬州。到了这里，才知道读古文时的记忆谬之久矣。应该是"上扬州"。一个下和一个上，不一样了。上是天堂，心上有一个高位。多少年里，人们把上扬州看成一种幸事，来沾商气、沾文气。你就看吧，那些沿大运河南北来的，顺长江东西来的，挤挤拥拥的樯橹丛中，他们一个个上岸了。

苏轼到过扬州吗？苏轼在哪里，哪里都是有幸的，反过来说，他去的地方，都渗入了他的生命。苏轼还真是到过扬州，我为之庆幸。

还有欧阳修，做扬州太守时在这里弄了个平山堂，让视野和襟怀更加开阔，同醉翁亭异曲同工，醉翁之意不在酒，平山堂更是在山水之上。

而出生在扬州的鉴真法师，14岁随父于扬州大云寺出家，一生的大部分时间都是在扬州度过。

星云大师呢？他来扬州，开口第一句话就是："我是扬州人"。

朱自清也有话："我家跟扬州的关系，大概够得上古人说的'生于斯，死于斯，歌哭于斯'了。"18岁的那年冬天，朱自清在扬州结婚，女方也是在扬州长大。

扬州，是一个抹不开的地方，总有人与扬州搭上什么话题。

那么，在扬州产生扬州八怪不为怪事，要么那才是怪了。就像魏晋时候的竹林七贤。这一群奇人怪才，喝着扬州的水，醺着扬州的风，迷着扬州的人，醉着扬州的月，一个个把自己融成了扬州一景。

水边上岸，岸上等着一树琼华，硕大的花儿张开来，像一朵笑，扩展着这个早晨。花儿碗样大，瓷样细，玉样白，如出水芙蓉。

正看着，一瓣花叶潸然落下，一群草赶忙捧住了它。有些瓣儿落在水里，立时如舢板，带一身皎洁，漾漾划走。

这是什么花呢？莫不是过去所传扬州独有的琼花？"无双亭上多铭记，都在长吟感慨中。"于谦所看的琼花，与韩琦所说"四海无同类"的花是一样的吗？"我来曾见花，对月聊自醉。"看来扬州真有过天下独一无二的花，此花不慕权贵，独向人间，人称琼花。一个琼字，可想而知。真不知眼前为何花，只留给想象了。

还有那么多的鸟儿，有些知道名字，有些叫不出名字，更多的躲在树荫间，是只闻其声，不见其形。这些鸟儿是扬州的活体监测员，不断地发布着环境报告。

一颗枇杷果落下，砸在潮湿的地上，立时碎作一抔鹅黄甜香。抬头看去，才知有一只白头翁，正在叶子间叨那些果。叨得疼时，果子忍不住落下。果子落的一刻，白头翁会喧腾起翅膀，表示不解与惊异，而后啾啾叫着，再去找另一颗果子。

枇杷的名字，可是从掉落的声音里来的？

车子环绕在一片葱茏之中，人说是蜀冈西峰。好半天钻出来，见到一片典雅建筑。建筑前面，一个简易的阳棚里，竟然是新发现的隋炀帝陵寝。遂感到一阵惊讶。

隋炀帝也该是喜欢扬州的，他那个时候，在扬州闹腾的动静很大。我们当然不能把一项举世瞩目的工程单一地认作是杨广的个人私欲，从一个国家元首的角度看，他应该想到的是水的开发和利用，是江山社稷的大问题。只是修好了大运河，一高兴把事情搞过了头，使得功劳也埋没在了河底。唐代诗人皮日休很早就说了公道话："万艘龙舸绿丝间，载到扬州尽不还。应是天教开汴水，一千余里地无山。尽道隋亡为此河，至今千里赖通波。若无水殿龙舟事，共禹论功不较多。"

多少年后，这个在扬州因运河而扬得大名甚而丑名的隋炀帝，又在扬州悄然睡下。扬州的繁闹中，没有人知道那个叫杨广的躲在蜀冈一隅，看岁月如梭，朝代更替。

杨广陵此前在多地都有过说法，不知道哪个为真，直到扬州有了新的发现。扬州觉得，这里确乎应该是他的最终居所。那么，就请在这里好好看着吧，大运河还在发挥着作用，运河边又出来一个瘦西湖，如今的扬州比他当初的扬州更多了气质和品位。

又一天时光过去，我看到了西天涌动起一汪金水，夕阳在那汪金水中泡着，泡得黄黄的。正是这强烈的金黄，使整个蜀冈顿时镀上了一层非同寻常的光。怎么会有这样的夕阳？大都是红色或白色，却这么不着一丝红白，金黄炫目。

此时，我正在大明寺的石阶上，看着本来就黄色相围的寺院，如披一件艳黄艳黄的袈裟。时间并不长，这种景象便消失了，这是我来扬州见到的短暂的令人悸动的景象。现在，黑暗已经渐渐挂上了栖灵塔的塔尖。

晚上出来，站在香风馥郁的桥上，听晚风吹响一孔孔半明半晦的月光。人们说这里是欣赏月色最好的地方，月来满地水，水中无限银。

扬州看月，或许是人们的一种共识，不同时期的人物，都发出了他们来自内心的慨叹。"二十四桥明月夜，玉人何处教吹箫？"杜牧的月色明净优雅、旖旎馥郁。"春江潮水连海平，海上明月共潮生"，扬州人张若虚铺排了一个花香四溢、潮涌明月的大场景。"天下三分明月夜，二分无赖是扬州"，徐凝更来得直接，把有感情的明月都给了扬州。

始终弄不明白二十四桥是一座桥，还是无数桥。当年的沈括如我一样迷惑,他认认真真地一座一座去寻,一直寻找到了二十一座,还是差了三座。

我宁可相信那是二十四位玉女,在明净的月光下,让一片箫声响起,使喝了酒的晚唐诗人,望不清桥的形态,也没有弄明白自己说的什么,以至后来的人们,同样被桥、玉女和清月搅在了一起,或许也被那醉意搅在了一起。

月高高挂在天上,照着回家人的方向。

我总觉得,扬州是梦的起点,也是梦的终点。十年一觉扬州梦,是杜牧说的,他在扬州十年,匆匆促促,如梦初醒。而我到了扬州,一觉睡去,却空旷无痕。窗帘启处,一湖弱水,无限江山。

鸟儿斜过,拽来一抹朝阳。我回想半天,才明白这是在早上,这是在扬州,一个魂牵梦绕的地方。

哪里传出了琴声,似是飘散于历史的风烟中,仔细再听,翠竹掩映之处,[钅][从][钅][从]铮铮,确是那种古琴的鸣音。忽而想到古曲《广陵散》,是嵇康弹奏过的绝响。那位传于嵇康的神人,可与扬州有着什么关系?"千家养女先教曲,十里栽花算种田。"多少年里,扬州人一直都是这么生活的吗?

湖的四周氤氲着一股甜润的气息。你甚至感到,这就是湖的气息,多少年都是这种气息。每个来游湖的人,都躲不开这种气息,以至在这种气息里泡久了,自身也沾染不去。走去后,像一片叶子,带有了瘦西湖的特质。

真想在这里如梦如幻地待下去,扬州,你不是让人敬畏的,而是让人亲近的。

我不能带走瘦西湖,只能一次次地走,又一次次地来。

辑四

荔江之浦

一

拉开窗帘的时候，竟然看到了一幅画。一江碧水蜿蜒过眼，水之上是跌宕起伏的山，那山一直到目力不及才稍显收敛。那些硬朗的、柔美的起伏充满了神秘与梦幻，由其体现出来的情致与动感又让人不无美妙地遐想。

南方的天气忽晴忽阴，晴的时候，山也像一个个荔浦芋，头上摇动霞的叶子，阴了，又似在化蛹成蝶，最后烟岚蹁跹。

偶尔，云层里射出的光打在水上，水就尤其的明润，山则隐晦迷蒙。就像两个主角在剧情需要时被镜头虚化转换。起初你或对那光不大在意，但架不住它打信号似的，云隙间连着闪，将水面闪成一片片锦，你的惊奇就不得不跟着它闪了。天光温和的时候，山与水的颜色惊人的相似，似是一江颜料刷在山上，新鲜得还在淌水。这样的山水连在一起，就是非同于他处的桂林荔浦了。

想来住在江边的人，一定家家有个大飘窗，时时刻刻让这无限江山飘进来。每天早晨都像是仪式，缓慢而隆重地拉开那一帘幽梦。

二

总觉得这地方最盛产水，到处水润润的，山上是水，江里是水，田里还是水，水绕着村绕着城地流，生出水润润的植物，生出水润润的人，人出口一说话，也带着水腔。

在荔浦走着看着，空气中还会有刘三姐样的歌声，那是文场和彩调，随便哪个街头巷尾，几个人那么一凑，锣鼓弦子响起来，柔润的嗓子就亮起来。怪不得，这地方是曲艺歌舞之乡呢。逢节日，山水边就热闹成海。

荔草，究竟是一种什么样的草，会让一条江葳蕤荡漾，最后荡漾成自己的名字？水中划船，水随山转，那么多的弯，又那么多的漩。水有时像上了一层荧绿的釉，有时又如一面深蓝的绸。

船上人一会儿伸出手，甚而脚也伸出去，尽情地撩拨，一会儿又呆愣着唏嘘，发无数慨叹。这样给人的感觉就有了不同，山若是给人带来了美感，水则是带来了快感。

船行中，你会看到有人在洗浴，有人在江边烧纸祭奠，有人穿着婚纱在照相。总归是，荔浦人的祈愿和祝福离不开这一江水。

这个时候，两岸涌来一片金黄，初以为花，却是砂糖橘。还有马蹄（荸荠）秧子，也是一波波的粉黄，马蹄踏过一般。芋头的叶子莲叶似的漾漾迎风，正是收获季节，罗锅宰相何时再来？

荔浦由很多这样的细节构成。就觉得造物主打造桂林山水的时候，一高兴把荔浦也捎带了。有些细节，甚至做得比桂林还好，比如银子岩，会唤起你一腔嘤唤；比如丰鱼岩，一洞鱼水穿越九座山峰，是为洞中之冠。所以人们看了桂林还要跑来开眼，那是一条完美的锦绣，他们不想让这锦绣有头没尾。

其实荔浦人还是会偷偷笑，你去鹅翎寺了吗？层层信仰嵌在山崖上；你看荔江湾了吗？从江上划船进入，上岸再由洞里出来，江山美景可有这样的结合？荔浦再垫底的山也是桂林山水系列，可人家会说，咱这是荔浦山水。底气硬朗着呢。就让人想了，桂林山水与荔浦山水是一对孪生姐妹，妹妹一直躲在深闺，不好意思见人，守着美丽悠悠而过。

如此的美是会被人瞄上的，最早是一拨逃难来的，一到这里便扎进水边的山洞不走，繁衍成村林。后来还有土匪、日本人，都流过口水，但最终没能留下来。这片山水不喜欢他们。

顺脚走进一个村子，村子叫青云村。依着的山叫龙头山。

不用多说，你就想了住在这里有多美气，起伏的山下，扶桑、紫罗、百香果到处都是。砂糖橘和马蹄更是金黄地铺展。老者在田里不紧不慢地忙，见你走近，友好地招呼。一个女孩担着马蹄沿田埂走，田埂两边，是香扑扑的桂花苗。

遇到好奇的你，停下来，翻出几个大的马蹄让你长见识，而后笑着重新上路，身子和手臂的摆动中，悠悠去远。

荔江与漓江、桂江、西江相通，交通便利，往来客商就多。走入一条很老的巷子，巷子曾经临水，磨光的石板、镇水的古塔、宏阔的会馆和斑驳的城门，让人想象曾经的繁闹。传下来的是豪爽耿直的性情，你来了，做芋头扣肉、芋头焖鱼等各种芋头宴待你，陪你大碗喝酒，还给你呀呵呵地唱彩调。

荔浦人吃芋头是一绝，这一绝绝到电视里。荔浦人的吃法你学不会，乾隆皇帝品着棉线切片的美味却一直忘不掉。这里的山水养人，芋头也养人，养的人精气豪壮，细腻明丽。由此你会感到荔浦人的幸福指数多么高。

三

  天空积蓄着黄昏，像谁在絮被子，一层层絮厚了，铺排开来，所有的一切都盖在了被子下面。

  那些山以为将夕照挡住了，没承想夕照还是投入到了江里。江不仅把夕照全部接收，还把那些山也揽进了怀中。这样，上面啥样，水里也啥样，完全是一个原型复本，直到夜来，将那复本折叠在一起。

  雨敲了一夜的窗，早晨开帘一看，江边竟然飘浮了一层伞花，红的，黄的，蓝的，那是沿江晨练的人的。没有什么能阻止人们对这条江的热爱。

  离去的时候，荔浦已让你眼里、心里、口袋里都装得满满的，够你消受很长时光，其中有一种芋饼，家家会做，出去的人都带，说那是思乡饼。

  而后，荔浦人会说，想着啊，还来呀，别忘了我在这儿等你。

塘河，江南的一首词

一

叫声碎落了一河。群鸟的翅膀划得很低。有一只划破水面，水的绸立时向两边剪开。几条鱼摆着尾溅在上面。

风，说不清什么味道，淡淡的，甜甜的，沾得哪里都是。

水中生长着芦苇，或生长着荷花及飘摇的野草，与那些杂树构成塘河的副词与形容词。

榕树的须子长长地垂下来，垂到水中就变成了另一棵。那是瓯柑吧，一片红红黄黄的小灯笼。还有桂花树，此时正浓浓密密地播撒着清香。那馥郁的清香，让人想起瓯海籍女作家琦君儿时的情景："一到八九月份桂花盛开之季，哪里岂止是香闻十里呀？简直是整个村庄都香喷喷的呢。"

这时看到了白色的蜂箱，蜂箱是静止的，但是你能感到周围那强磁场般的嘤嘤嗡嗡。

一条条老街，一座座庙宇，多是旧时模样。一座塔，高高矗立在岸边。那是塘河的徽章。

塘河是温州版的曲水流觞，诗情在一个又一个婉转里徜徉。

水留下了时间，时间改变了温州的格局。有了河，便有了沿河的房屋与街巷，有了一座城市的经络与气质。

名气不小的茶山、仙岩、梅雨潭在它的周围，白象塔、白云观、洞文观在它的周围，但都不影响它的一枝独秀。塘河的个性，展现为温州的另一种乡愁。

二

这里的水是免费的，景是免费的，一丝丝的风也是免费的，但你又感觉它们是最贵的，所以你就有了珍惜，有了不舍。你得慢慢消受。

不同的时间来，你会发现，塘河的姿态是不一样的，即使一天中的一早一晚，也是不一样的。水的色光，水的纹理，甚至水边的衬托也会发生变化。到底是怎样的变化，一下子也说不清。

塘河是温州享受不尽的福利，就连外地来的客人，还有鸥鸟、白鹭和黄鹂，它们同样喜欢这片水域，喜欢来这里恋爱、生子，将自己变为永久居民。

过了划龙桥，过了妙鸿桥，一座座的桥还在前面等着。据说唐宋以降，桥多为木制，这些石桥不知起于何时。一根根石柱子深扎于水，绿色的苔藓爬上了顶端。

顺着塘河往前，还会看到山峦，山峦不高，但很有特色。其中的仙岩，就跌落一个仙瀑，跌成了朱自清笔下的一潭"女儿绿"。

不知道一条条纵横交错的水道都通往哪里，叶适等永嘉学派的代表人物，曾在哪一处水边隐居？

塘河据说从晋代就有了，水流直通飞云江与瓯江，而后通向大海。王羲之任永嘉太守时，曾一次次登舟，体味"清流激湍，映带左右"的美妙。而另一位太守谢灵运的小舟，也让塘河泼洒出一条山水诗路。

有人在水边垂钓，我知道，他不是为了一时的欢腾，他是为了那种自在。

水边还有许多的台阶，也就有了洗洗涮涮的女子，在手上弄出一圈圈的涟漪。男人们喜欢坐在高处，在这些涟漪里沉迷。

吉敏说，由于是水乡，过去人们很多事情都在水上做，比如有卖果舟、卖餐舟、卖水舟，方便别人，也方便自己。吉敏说，以前还有十分热闹的"水上迎亲"，比如一个女子住在瓯海的仙门，出嫁到郭溪，男方就划着船来。迎亲队伍与娘家亲戚以及嫁妆都是一溜的船队。船上响着喜庆的吹打，岸上围着观看的乡亲，颇为热闹。还有"水上台阁"，就是在船头搭戏台，演员在船上唱，观众在两岸看。遇有打赏的，船上的人就伸出一根长杆子接了。吉敏说，塘河上最热闹的时光，莫过于五月端午赛龙舟，那天，人们会早早地守在河边，等着一声鼓。赛船的分成组，有家族的，街道的，有男有女，有老有少。一时间，水上的岸上的都发疯般地嚷成一团，像是与一条河较劲。

听着吉敏的话，眼前出现了一幅民风淳朴的水乡画境。

三

间或有雨下来，让画境更有一种水墨氤氲的气息。随着清新深长地吸入，再深长地吐出，心神顿时爽快极了。这时再看水，水上已经烟尘缥缈，船儿在烟尘间钻进又钻出，做了画中的自己。

看着时，着木屐的谢灵运、穿长衫的朱自清在水边闪现。或许还有浣纱的西施，人们传说她曾随范蠡在这一带隐居。

水环抱着温州，也藏着秘籍。

你随便从哪一处上岸，都会有一个惊喜的发现。等在那里的不是一座安静的老城门，就是端肃的老祠堂，或是一片热闹的新街市。明清的遗存与巴洛克建筑及现代的楼群交相辉映，让人感觉这是一座韵味十足的城市。

我以为，塘河既是温州的母亲河，也是温州的代言者。它透露着一种温州气象，这种气象比你看到的其他数字更有价值。在外人的印象里，来温州就是来感受现代的节奏，感受房地产的晴雨表。不，我说你应该来看看塘河，来感受一下江南的温州，感受一下温州的舒缓与润泽，清新与透彻。

塘河两岸还有不少梅花，入冬时节一片灿白又一片炫黄，古代就有文人雅士划船赏梅的传统。还有杨梅林海，初入梅雨期也正赶上梅熟。那时你来，会看到河两边满是梅子的艳红。温州人会叠声地说："入梅了！"入梅一词，意味隽永。

船已经行走很久，塘河还在绕着，无有穷尽地绕着，它不是山呼海啸那种铺排，它是轻拢慢捻那种悠然。大海在不远处候着，它不急，它要在这里好好地绕一绕。温州对于它，有着太多的不舍。

前行，望见了八百里大罗山，起起伏伏，郁郁葱葱，成为温州的壮丽画屏。山洼处有高高的状元坊，还有叠着黄色的卧云寺。

弃舟上到山上，竟然清晰地看到了这条河。此时正是黄昏，夕阳在山，放射出最后一缕光芒，这缕光芒将温州美丽地映现出来，尤其是塘河，现在镀上了一层金黄，就像温州围着的一条华贵绶带。

渐渐地，颜色在变，已经变成了深红，深红一点点远去，那里，或就是大海的方向。

万里茶道走襄阳

一

　　站在汉江大堤上，堤边开着红色紫色的花。一条沉郁的万里茶道，曾使这里显得忙乱。码头上下，为这忙乱添加无数横枝竖杈。那是樯与橹的交错，担子与担子的交错。最终显现的，是茶的叶片。亿万枚叶片激发了这座城市的兴奋点。

　　从武夷山、羊楼洞等地来的茶叶，经汉口到襄阳，再上洛阳，过黄河，越张家口，穿蒙古沙漠至恰克图，继莫斯科，直贯亚欧。

　　只有"汉晋以来代为重镇"的襄阳，才堪承"南船北马"的重任，成为这万里茶道水路旱路的节点。汉口来的货物，在这里由骡马驮运北上，或大船换小船逆唐白河至赊店。那可是舳舻相继，车马骈阗，各路茶帮云集。大码头、官码头、龙口码头，三十多个码头都有过无比的喧闹与繁乱。更有了众多的茶铺、酒肆、脚店及商贸会馆。

　　樊城水星台周围，是一个茶马市场，北方人用马匹在这里交换茶砖和本地茶。至今还有一条马街，曾挖出很多拴马的石桩。

　　汉江到老河口豁然开朗，那是江汉平原的起始。当地人说，天下十八口，数了汉口数河口。一处老码头对面的太平街，有万昌栈、天生行等商号，后院是仓舍马厩。沿汉水到老河口登岸的货物，多在此集中。

有资料载，清中期汉口到襄阳的船每年约20000只，老河口到樊城、樊城到赊店往返的船也有1600艘。万里茶道通过樊城口岸运送的茶叶，日吞吐量达到30吨。真是一枚小叶片，搅动大乾坤。

二

斑驳的城砖，线装书一般，将城市的辉煌叠加上去。一座襄阳城，半部茶叶史，谁能不说，襄阳是用茶泡出来的城市？茶在这里，绝对占据头等重要的位置，说茶、斗茶、品茶、种茶，成为一种时尚。老舍当年就有"三步一家茶馆，五步一座戏园"的见识。

在码头遇到一位老人，他说从小就跟着祖父在这一片转，祖父曾在公馆门码头跑事，那里上来的主要是茶。祖父回家一身的茶味，进门第一件事，是掏出人家送他的茶叶，找茶壶泡上。

老人还记得祖父带他听戏的情景。生活离不开茶，也离不开戏。从闽浙湘赣等茶乡来的人，把家乡戏也带来了，光是江西，就有赣南采茶戏、赣东采茶戏、抚州采茶戏等不同剧种。戏班经常在江西会馆、小江西会馆和抚州会馆演唱，看戏的不光是江西老表，还有本地人。会馆茶堂请戏班，兼有茶生意，人们根据喜好点单付钱，戏班的费用从茶钱里付。

老者说时，我的眼前就有了一个香气氤氲的场面。戏中的人物故事都是生活的影子，人们喝着茶听着戏，或神游天外，或沉浸剧中，可真是品茶品戏品人生。

我在江边转，陈老巷是鄂、川、苏、皖等省会馆云集地。21座会馆是什么概念？那是商贸兴盛文化繁荣的象征！有多少会馆就有多少舞台，唱的都是锣鼓铿锵的大戏，直把融汇与融洽做成一个大襄阳。多少年过去了，那些音声还在岁月里晃。

每个码头都距会馆不远。中州码头对面就是中州会馆，顺着晏公庙码头找到了山陕会馆，里面还留有前后殿、钟鼓亭及戏楼。精美的建筑及雕刻让人惊叹。

茶是中国重要的文化符号，无论是渔樵耕读的生活，还是商人雅士的追寻，都与茶结下不解之缘。襄阳是中国的粮仓，是南北农业分界线，也是茶的生产地，陆羽在《茶经》中将其列入八大产茶区，至今这里还有不少茶园，多个品种。在襄阳生活过的诸葛亮、孟浩然、白居易、皮日休，谁没有留下与茶的佳话呢。

我在襄阳的资料里看到"茶礼"一说，古时结婚，必以茶为礼。这是因为，茶树移动则死，植必生子。茶也就成为婚恋专一的象征，进入社会礼仪习俗。在《襄阳守城录》中，我还看到"安化军"的字眼，那是安化黑茶商人的民间武装，为了茶叶，在襄阳发生战乱时挺身而出，上城助战。

三

夜晚，一个人出来，一直走到襄阳城边。

一部大书在城前展开，写满汉字的汉水，如此丰润丰富。三千里汉江，精要在襄阳，其中包含近两百公里的壮阔波澜。唐白河的水，襄河的水，檀溪的水，都化作汉江的力量。檀溪就是"的卢"载刘备腾越的大水。襄阳人一生都在读这部书，它从每个人的血脉流向遥远又从遥远流来。江水变幻，时而雄浑，时而清涟。从古隆中到鹿门山，从昭明台到仲宣楼，从习家池到米公祠，或金戈铁马鼓角连营，或诗词歌赋瀚墨飘展。

襄阳盖着沉厚的夜渐渐入睡。古老而深邃的水声，述说着今天的祥和与安宁。码头的老建筑,在薄雾中闪现。仍有鸥鸟在低飞,水的音符,更有了立体的浑然与律动。

有人在岸上置一小桌,桌上摆着茶碗,一叶叶茶在静夜起舞。没有多少话语,也无交杯碰盏。泡着月光,守着一江春水,这是怎样的浪漫。

更远处,有人在戏腔中沉醉,那是《牡丹亭》的唱段:"乘谷雨,采新茶,一旗半枪金缕芽……"

我知道,一个个昨日逝去,旋舞的茶叶,还将为新的一天剪彩。

夕阳·大海

一

近些年，奔辽宁营口的游客多了起来，其中就有人来欣赏夕阳与大海演奏的乐章。那是因为，营口是全国唯一西朝渤海的地方。

不少人在攀登。这是一个纵深向海的观景台，据说在这里可以看到大海上最美的落日。越着急台阶越显得多，渐渐有人开始掉队。我听到了自己的喘息声，同周围的喘息合在一起，像是机器在愉快地轰鸣。整个下午都有点儿兴奋。许如谁所说，如果只是见过海上日出而没有经历过海上日落，你的人生或不完满。

还有最后一道斜坡。那坡度更陡，一个个台阶望上去，天梯一般。好像故意要设置这样的高坎，让你知道寻求美好的曲折与艰难。有人到了这里就放弃了，有人立定在那里，不知道下一步该往上还是往下。一个年轻的母亲歇了歇，抱着孩子继续前行。一对老夫妇相互搀扶着，每上一级喘一喘，抬头看看说，不远了。

终于上来了。整个天下都装在了胸间。太阳还在大海之上盘桓，似乎知道你急，等着你。风如此狂野，瞬间把人吹透。人们将围巾衣扣都系严，还是被吹得周身呼啸。

海泛出淡蓝的光，填满整个大地与天空。这样的大海上，唯有一轮夕阳，穹幕电影一般。那些海浪，你看着的时候，起了变化，出现了夕阳临近的效果，感觉是一片金黄的稻穗，饱满而羞赧地推赶着。这时出现了云霞，丝丝缕缕飘飞的云霞，使得夕阳有了动感。一只只海鸥，在这动感中划着弧线。

夕阳不那么耀眼了，可以直视它，直视它的安静与温润。黄昏与黎明同属于美丽的时段，没有日落就没有日出，太阳无非进行了一次轮转，有起有落，有作有息，是一种辩证，二者相继相承，日落的意义由日出体现，日出的意义由日落完成。如果你将落日和朝阳并在一起，想成时间的两面劲鼓，有节奏地击打，你便听到了生命的律动。

有人说李商隐的情绪出了问题，怎么能是"夕阳无限好，只是近黄昏"？我想，伤感看到的是落幕，乐观则是满眼绚烂。这位爱写《无题》的朦胧诗人的意思，也许是"夕阳无限好，只因近黄昏"。

二

被黄昏打开的海愈加沉寂，那种宏大的沉寂让人觉得不像在人间。如果不是紧紧抓住冰冷的栏杆，我感觉我在飞升。

旁边一个女孩，不停地拢着自己的长发，风将她的长发和裙子吹成了旗。若果有一群这样的女孩，观景台就成了旌旗猎猎的西炮台。她举着手机打着手势，自拍不成，让我帮忙。她冷得够呛，却不愿离开，在平台上扶着栏杆一会儿到这边一会儿到那边。夕阳变红的时候，她又兴奋地要求帮忙。镜头里的她长发飘扬，一忽竖起两指，一忽打开双臂，张扬着激荡的青春。

我理解这个忘乎所以的女孩，在这一刻，她觉得生命有了更多的色彩。不同的人看夕阳有不同的感受，我想如果回到从前，我的眼里会流出泪水。

看到了那位母亲，她将孩子紧紧地裹在怀中，而后不停地和孩子说，看看这壮观的景象。

太阳还在下沉，一边下沉，一边打开宝匣，将里边的红艳泼洒出来。此时的大海，完全被那红艳所染，染成了挤挤挨挨的接天红莲。

忽而听到李叔同的《送别》："晚风拂柳笛声残，夕阳山外山……问君此去几时来，来时莫徘徊……"风的笛声若有若无，海之外，还是海。

看到了那对老夫妇，老者须发飘扬，身体微微晃动，我以为他惧冷，没有想到是他在哼唱！他的目光早已连接了那盏红艳。他的老伴右手扶着他，左手打着拍子配合着。两人幸福的神情，悄悄进入了我的镜头。

忘记时间的繁华与衰败，爱，胜过一切。也只有在特定的情境之中，才能显现出本性，享受一时天真。

夕阳总是不一样的，因而总是让人看不够。此刻，可以想象繁忙的营口港笼罩于金色的晚霞中，西炮台那斑驳的老墙已镌刻上凝重的色光，还有望儿山，霞辉会为远望的母亲披上一件大氅。

三

不知是太阳的下坠，还是海的引力，使得二者如此地拉近，再拉近。那般鲜红而硕大的浑圆，与苍然的波涛，终于完成了一次宏大的和鸣。

夕阳坠落的瞬间，掀起了风，风将海浪鼓动，将霞光鼓动，将所有鸥鸟的羽翅鼓动。我似乎听到了一种隆重的声音，那是夕阳沉落的轰鸣，还是大海迎合的回响？那声响来自我的心底。

一缕红纱留在了天边，红纱幻化出丝丝缕缕的细纹，而后消失于暗色的混沌之中。大海，变得古老而深沉。

整个世界陷入静默。这个时刻，没有人说话，甚至小声的喘息都没有。人们在发呆，每个人的时钟似乎都有那么一刻停摆。刚才那位姑娘，此时也愣愣地站在那里，只有一缕乱发在飘摇。而那位老者，俨然变作了一具铜像。

回头的时候，一轮明月已然升到了半空。这让你明白，落日之美，还连着月夜之美。因而，它比日出多了一种哲学意味。日出连着越来越明亮的天穹，日落却给人带来无尽的遐想与可能。

这个时候你将眼睛闭上，可眼睛里仍存了无限的夕光，那光通红而润黄，明艳而凝重，等你睁开眼睛时，它们还在，只是巨大的黑影成了它们的光环。

山海广场响起了音乐，随着落日而来的舞者，在享受海滨的快乐时光。月牙湾浴场，有人在游水，强壮的臂膀划开层层波浪。观海堤上出现了更多的情侣，风里带着阵阵欢笑。大海里鲅鱼公主手中的明珠越来越亮，成了独具特色的航标。辽河老街的霓虹开始闪烁，百年建筑内外早已人声熙攘。

不断有人前来，站在海边听铜片翻卷般的水声。鸥鸟在低飞，像时间的音符。许多人围坐着，享受着此刻的祥和与安宁。

激荡与悠然，古老与年轻，烛照着营口的夜空。

你家在哪里　我家黄河边

你家在哪里？

我家黄河边……

每当听到这饱含深情的声腔，心内就禁不住激情荡漾。那抑扬顿挫的河南梆子像黄河一般雄浑沉郁，恣肆汪洋。尤其那句"学过百灵叫，听过黄河哭。敢哭敢笑敢愤怒，困难面前不把泪来流"，直是要让人泪眼迷离。

河南人住在黄河的中游，那是黄河的最宽处，也是最容易暴发洪水的地方。黄河在河南境内穿过了多个城市，不少城市都遭受过洪水的泛滥。因而河南人吃的苦多，受的难也多。一次花园口大水，就使得河南近半数人口受灾。

黄河流经开封成为"悬河"，这使得开封饱尝黄水的肆虐，地下深埋着历次被水患淹没的六座城池。20世纪80年代初，我随几位同窗跑去开封柳园口看黄河，柳园口是黄河著名的悬河河段，设防水位高于开封城区13米左右。这里也是黄河上较大的古渡口，从开封渡到对岸，就可达豫北和冀鲁平原，渡口的历史有500多年。船工说，这里滩多浪急，船翻人亡时有发生。渡河之前，过往行人和船工莫不焚香膜拜，祈求神灵。当年的木帆船换成了机器船，过渡仍然提心吊胆。

那时正值秋汛，暴戾的黄水从上游滚滚而来，我简直看不清是怎么来的，漫漫溅溅一片汪洋。浪头大的如小山，汹涌起伏撞击着两岸。离老远，就能听到水的撞击声，堤岸被它冲撞得一块块裂开，掉落的土块随即不见踪影，像是怪物的大口在饥饿地吞噬着。

水中漂浮着树木杂草。寒冷的风掀动我的衣衫和惶恐。那风是由水浪鼓凸的。大水淹开封的阵势或许就是这样。

为什么会让一个百万人口的都城靠近一条险河，那不是悬壶于头上吗？好像诸多皇帝都不屑于此，只管一朝朝一代代地打坐龙亭而乐此不疲。

答案是，原本黄河距此很远，远得对开封构不成太大威胁，即使黄河泛滥，也大多伤及北岸地区。

据说赵匡胤陈桥兵变黄袍加身，是骑着战马带领大军一路进入开封的。这么说来，陈桥驿应该是在黄河的南岸，可是现在陈桥驿明明跑到了黄河之北。

我们坐上渡船朝对岸去，船走得好艰难。机器发出震耳的轰鸣，越到河心轰鸣声越响，甚至产生了颤抖。最终被水冲到对岸的下游。不得已再轰鸣着溯流而上，好不容易返回码头。

上岸找车打听着去到一个村子，就是大名鼎鼎的陈桥。村子还不小，有赵匡胤的系马槐，系马槐好老好老了，最上边顶着几枝嫩芽，很难说是原物。黄袍加身处立有一块碑，好旧的碑，让人不敢有更多怀疑。这样想来，是黄河打了个滚，就打到开封附近来了，而且还是来势汹汹，给开封造成了不小的危害。

回来的时候站在林公堤上，那是著名的柳园口险工。清道光二十一年（1841年），黄河在开封张湾决口，汹涌的河水一度冲进开封城内，形势十分危急。河南巡抚王鼎情急中想到一个人，此人任两广总督、查禁鸦片之前，曾担任过河南布政使和河道总督，熟悉河南和治黄事务，只有这个人能力挽狂澜。王鼎赶紧上书，力荐林则徐来开封办堵口复堤事宜。

其时林则徐因鸦片战争被谪戍新疆伊犁，正在赴任的途中。伊犁现在来说是个好地方，被称为塞上江南，当时却是地远人稀，紧靠边境。别说赴任，遥远的路途也能把人折腾死。王鼎这是帮河南也是帮林则徐。当时林则徐行至扬州时接到上谕，于是折至河南祥符工地，这是他仕途生涯中最后一次跟黄河直接打交道。黄水滔滔，刻不容缓，林则徐顾不得旅途疲惫，即刻投入抗灾治水。

林则徐在黄河大堤工地跑上跑下，冒雨指挥军民抢险，一如当年指挥禁烟。百姓们都知道林则徐，一个个舍身奋力，五个月后决口终于堵住，并修筑了一道坚固的堤坝。堤坝宽阔高耸，这段长10多里的黄河大堤，厚实稳固，从此福泽开封。

"不信玉门成畏道，欲倾珠海洗边愁。临歧极目仍南望，蜃气连云正结楼。"大功告成，怀着对国事的忧虑，林则徐从开封出发，重新踏上了流放新疆的漫漫戍途。

在治理黄河水患上，林则徐可谓心系苍生、呕心沥血。河南人民对林则徐治黄充满了期待，而林则徐同样没有辜负百姓的信任。为感念林则徐的丰功伟绩，开封人把林则徐负责修筑的这段黄河大堤命名为"林公堤"，并塑林公像一座表达敬仰之情。

母亲和我居住在黄河岸边，她也听说过林则徐治河的故事，她老人家在世的时候，不止一次去看黄河，也不止一次地用手捧起黄河水。她总是说，这黄河上游该不是这么宽，这么黄，这么急吧。我后来到过三门峡，到过刘家峡、青羊峡，最后到了青海的玛多，我回来告诉了母亲，详细地为她讲说不一样的黄河。

有一年我终于到达了黄河源头约古宗列，我捧了一捧清冽的水，似是刚刚化开的冰。在黄河源头的帐篷里，我守着一线清流，沉沉入睡。

之前感到了寒冷，接着更感到了恐惧。高原反应愈加强烈，头疼得发紧，肺部不畅，并且疼痛。我开始查数，试着深呼吸，让夜晚一分一秒地走过。巨大的黑暗中，我能听到任何细微的声响，最清晰的，是帐篷边上水流的声音。

从黄河源区出来，我还看到了源头小学。天空下着大雪，孩子们在升旗。漫天雪花同旗帜一起在眼前飞舞，操场上一片洁白。

我问孩子们：

"知道黄河源头在哪里吗？"

"知道——曲麻莱县麻多乡！"

"那你们知道黄河流向了哪里？""大海——"

"会背诵黄河的诗歌吗？"

"会——白日依山尽，黄河入海流……""黄河之水天上来，奔流到海不复回……"

我后来又到过黄河入海口，入海口有一片黄河涌出的滩区，滩区每年都在扩大，为祖国的版图新造一片沃土。滩区里，苇花泛着白光，前浪后浪地赶，野荷捧着夕阳摇晃，无数白色的鸟在蓝天下划着弧线。大雁列阵而过。台风要来了，后面还有霜雪，还有冰凌。但是这里的人们已没有什么好怕的了。

离入海口不远的王庄险工，急转弯处的大水，如狂怒的怪兽横冲直撞。水头遇到了铁壁铜墙，随它撞去，撞散架了，只好四散远去。人们站在黄河大堤上，看着滔滔涌涌的黄浪，就像看着10万亩小麦浩荡的景象。

我们的祖先，曾沿着黄河依水而居，即使到了黄河发源地，到了黄河入海口，也还是有人在生活。

源于一种血脉缘由，我始终对黄河有着深深的敬畏与依恋。一条大河，翻卷着中华文明的册页，述说着无尽的沉厚与辉煌。黄河不仅仅是一条河，黄河还是民族的根，更是民族的魂。

青岛看海

早上五点,我坐到了海边。天空还是一片铅灰,没有什么人影。一个人静静地坐着,能感觉到海深沉的呼吸。海太浩大了,海的浩大,让我心生些微的畏葸。好在,天快亮了。

我看着海,看着海在熹微的晨光中一层层打开,又一层层合上。海在试着自己的新装,从墨蓝的,换成湛蓝的,再后来,换成了淡蓝混有玫瑰色的。又觉得海在演示多米诺骨牌,从远处倒来,然后从我的眼前倒回去。如此往复,无有休止。

海终于变戏法似的,将一枚红黄变了出来,那红黄并不晃眼,在海的一遍遍淘洗中干净而清爽。眨眼工夫,朝阳已如圆圆的巨轮翻滚而起,烟尘滚滚,涛声隆隆。腾空的瞬间,光芒四射。霞光中的海层层涌起,一片艳红。那是多么大的一片红啊,让人想到海中无数红鲤在滚动,想到"张羽煮海",整个海都在燃烧。

我所在的地方叫中原,祖先以为那里就是天下的中心,海则是中国的边缘,是天的尽头。那时没有多少人能像我这样坐到海的身边。直到明代,才有人敢于冒险一渡大海,去看看"海外"的世界。

我就这么久久地读着海——实际上,海的深厚与宽广,是读不完的。比起大地,海的历史更长,海的秘密,不亚于大地的秘密。

我不知道自己为什么喜欢海,就像我无理由地喜欢一个叫"海明威"的作家和一个叫"海子"的诗人。我不知道汉语里"海"的发音是如何确定下来的，它是如此贴切。喊出"海"这个字时，令人振奋。"海！"我唤了一声。"海！"我放声长啸。

夜晚，海涛拍打着沙滩。三点时分，我推窗而望，看到的是一排排白色的巨浪。突然有些担心，那大浪是否会越过沙滩直扑向我的房间？其实，海有自己的处世规则，它甚至不需要堤坝。

浪花像在为大海织着好看的花边。没有比这更大的花边了，一丛丛一叠叠，看得人眼花。它们不停地消逝，又不停地被织起来。

海把一些鸥鸟扔上天去，让它们尽情撒欢。我总觉得，这些勤劳得不能再勤劳的鸟儿没有时间睡觉。

海浪的壮观有时是借助鸥鸟来实现的。有一处海浪翻涌得特别，甚至翻到了天上。离近了才发现，那是一群鸥鸟密密的翅膀。

有人在撒网，有人在钓鱼。这个时候，梭鱼喜欢随着潮水，冲向岸边。

风在舞，阳春三月越来越近，风也在一天天变暖。

宿在崂山脚下的将将湾。将将湾紧靠着海。深夜躺在床上，一边听着海声，一边品味"将将"二字。躺在湾里，轻松、平静，很快进入了梦乡。清晨醒来，才知道夜里下了不小的雨。

早晨登船，从南往北行驶。海里已经隐隐约约有了各种渔船，不远处的麦岛、西姜、沙子口渔村，也同将将湾一样，在太阳刚刚出来时就有渔民解缆出海。

渐渐进入了辽阔与深蓝。白色的浪像甩尾的大鱼，跟在船的四周。鸥鸟也来凑热闹，随着船上下翻飞，有的还落在船上，让人看清它明亮的眼睛与干净的羽毛。

船在绕着崂山航行，远远望去，崂山就像另一种浪，在视野里起伏跳荡。这是一座从海里长出来的山。这样的山，会出故事的。于是有了"崂山道士"，有了"香玉"，有了各种神仙鬼怪。

船在向崂山靠近，越近波浪越大。船晃得厉害，仿佛倒海翻江。一波大浪过去，船还在劈波斩浪，沉稳的船老大轻松自如。向海而生的人，有着征服一切的坚毅与胆魄。

过了八仙墩，风速变大。山崖下出现了奇岩怪石，有的像经历了一场天火，露出赤壁之色，一只鸥鸟掠过，给赤壁划出一道白痕。有的像一片远古的丛林，或是一群威武的士兵。山崖下的黑色礁石，说是试金滩，还有一片白色花岗岩，说是晒钱滩。

一个有山有水又堆金砌玉的所在，自然是人们的向往之地。船老大说，过去有句话叫"千难万难不离崂山"，在青岛这个地方，哪怕再困难，也总能渡过难关，所以老百姓都喜欢到这里讨生活，渐渐地，留下的人越来越多。

不仅是老百姓，文化人也爱青岛。闻一多、曹禺、老舍、梁实秋、王统照、沈从文、臧克家、萧军、萧红……在这片海边，站立过多少人物，温润的海风与热烈的浪花，让他们心生无数感慨。

闻一多写夏日的青岛："到夏季来，青岛几乎是天堂了。双驾马车载人到汇泉浴场去，男的女的中国人和四方的异客，戴了阔边大帽，海边沙滩上，人像小鱼一般，曝露在日光下，怀抱中是薰人的咸风。沙滩边许多小小的木屋，屋外搭着伞篷，人全仰天躺在沙上，有的下海去游泳，踩水浪，孩子们光着身在海滨拾贝壳。"

多少年过去了，热闹的景象依然在上演。

在这个明亮的早晨，一只只帆船划向深海，远远望去，银白一片。是的，这里是"帆船之都"，2008年北京奥运会的协办城市。奥帆赛为这座与蔚蓝相拥的岛城插上了圆梦的翅膀。

20世纪，帆船运动由欧陆传入，滨海之城青岛就成了航海运动的摇篮，一代代人在舢板、帆船上搏击，尤其是那些渔家的后代。一次奥运会，带来的是"弄潮儿向涛头立"的永久气场。

燕岛是一处礁岩林立的地方，到了秋天，这里会发出震天动地的潮声，浪花飞出十几米高，因此有了"燕岛秋潮"的名声。这名声引来无数观光客，他们想看海浪搏击岩石的勇猛瞬间，听那爆裂的声响。

早春时节，大海将最纯粹的深蓝堆积在岛的周围，而后聚集力量，向着燕岛发起冲击。浪花就像一群燕子，喧嚷着，翻扑在岛的上空。"燕岛"之名，难道缘于此？没有在岛上看到燕子，倒是看到了喜鹊，一只只花喜鹊的鸣叫声在松林间此起彼伏，成了浪潮的尾音。

情人坝离燕岛不远，这里也是狂潮翻涌之处——这里就该是狂潮翻涌之处。巨大的浪花在朝晖中翻涌出无数朵红玫瑰。不知谁说的："牵手走过情人坝，再大风浪也不怕！"

人们喜欢将情感的秘密交给大海，因为大海有着慈母般的胸怀，可以倾诉，可以托付，可以依恋。不仅如此，大海还让人们陷入哲思：生活就如浪花翻涌的大海，不会一碧如洗，不会一帆风顺；面对每一次潮汐，则会让人明白要懂得珍惜每一次给予。

在海滨竟然看到了鸽子，是的，不是鸥鸟，是鸽子。它们同样铺开翅膀，在天地间飞翔，只是不飞往海上。它们把海交给海鸥去打理，自己在岸上营造另一种氛围。

海边有那么多的树，已经不只是单调的木麻黄了。先看到的是白蜡树，据说这种树耐湿耐旱耐盐碱。初春的杉树有点儿像眉刷，一个个地，在这个早晨，把天空刷蓝。法桐在这里也是主要角色，只是叶子还没有长出来，一树的铃铛，可劲地晃。耐冬，捧出的是点点微红。刺槐显得朴实，在这北方的岸上，有着村姑的情愫，悄悄地滋长属于自己的娇嫩。不知哪里来的樱花，在海边站成排，只待四月的风带来一树芬芳，同大海来一场交响。

日落后，那兀自伫立海中、遥望太平山的信号塔，当是一棵奇特的树，一棵释放着温馨与怀想的夜来香。

澄江一道月分明

  我总觉得黄庭坚还是有幸的，他一忽乡野一忽朝廷，一忽诗文一忽书画。乡野让他体味世风民俗、自然景物，朝廷让他感知政事繁务、勤案累牍。

  他的幸还有一点，就是这个江西修水人，还到江西的泰和做了几年知县。泰和是个好地方，有澄江如练穿城而过，润滋沃野良田。而且这里民风淳朴，物产丰盛，使得这位大诗人总有雅趣余兴。

  建于唐代的快阁是他必去之处。这快阁高耸如峰，雄踞于重檐楼阁之上，且紧邻赣江，登临其上，宏阔入眼，豪情临胸。宋初太常博士沈遵任泰和县令期间，也常登阁远眺，因感心旷神怡，遂将原来的"慈氏阁"易名为"快阁"。"阁曰快，自得之谓也"。黄庭坚登快阁的心境，反映在了那首著名的《登快阁》中：

<blockquote>
痴儿了却公家事，
快阁东西倚晚晴。
落木千山天远大，
澄江一道月分明。
朱弦已为佳人绝，
青眼聊因美酒横。
</blockquote>

万里归船弄长笛，

　　此心吾与白鸥盟。

　　黄庭坚登快阁的心绪必是不一样的，这首诗让人感觉到他心中的怅然与飘渺，当然，也从中看出了他对泰和景物深切的体察与感染。黄庭坚题诗后，快阁越发名气大震，达官名流随诗而来，以一睹快阁为快，陆游、文天祥、杨万里、刘鹗等均有赋诗题咏，累百余篇。

　　朋友带着我来到泰和，已是黄昏，虽近秋天，暑后的余威仍存。车子转了好几个圈子，最后停在了泰和中学门前。校园很大，一排排的楼房遮挡住了视线。又是一阵绕，终于在一片灰楼的后面，看到了一耸楼阁。

　　它怎么会在这里？这就是快阁吗？它似乎是躲在了这个重点中学的一隅，显赫的名声与它的所在似有些不大协调。此间的氛围让这快阁也多有些不快。

　　而我，却显得欣欣然，管它现在是在什么地方，反正我找着它了。我就像循着黄庭坚当年的步履一步步地向它走近，又一步步地攀援上去。下看看，上看看，左看看，右看看，真的是"快阁东西倚晚晴"了。再上一层的时候，就看见了那条大江，当年黄庭坚所看到的那条江，与我所看到的一模一样。远山重叠，像疏淡的水墨。只是沿江而去直到无限远近的那些树还泛着青黄，没有凋落的意思。

　　我想找到黄庭坚当时的心境和意境。友人似乎看出了我的想法，说："你看江的对面了吗？"我仔细看去，那是好大的一片葱郁的园林。友人说，那片园林古老得不知多少年了，我们应该到江对岸的林子里与快阁对望。

　　好主意，立时驱车，趁天未黑尽。

　　这是一片多么神奇的林子啊，蓬蓬茸茸遮盖了好大一片天地。一棵一棵的树木都显得粗壮无比，而且各具姿态。有的挺拔千丈，有的横槊百米，有的就顺着堤岸长到了水边，或探头弯腰，或斜倚危栏，或勾肩搭背，或干脆就直没水中，仿如被那江水意迷心醉一般。

林子深了，也显现出阴湿潮气，更多的灌木滋生而出，把整个林子渲染得蓬蓬勃勃。

一些鸟儿自林间起起落落，更有那些蝉儿趁着将尽的夜色发狂地鸣叫，直让林子显出更深的幽静与某种恐怖。

极快的脚步去往江边走，透过树的枝丫叶片，真就看见了对岸屹然而出的快阁，黄昏中勾勒成一个硕大的剪影。

那或许就是泰和有名的快阁晚唱。唱的或许是那快阁顶上的一轮明月，像谁手拿着一只银白的团扇，或敲打着一只银盘。

天渐渐黑下来，月光透过快阁的檐角洒在赣江上，白天看似激涌的江水，此时竟显得波澜不惊。

随着月光望向远处，细白隆起的沙渚旁，真的如一条白练盈盈而出。

我几乎惊奇得要叫起来，恍然间好像时光并未走过，高高的快阁上莫不是有个人影？发髻高挽，苒须飘荡，在抑扬顿挫地吟诵着那首"落木千山天远大，澄江一道月分明"的千古绝唱！

五月秭归

一

没有想到，三峡大坝不远处就是屈原故里秭归。

由于大坝的缘由，这片水域格外清阔，就像一汪碧湖，碧湖两岸全是公园般的景致。上边一条云带，中间一条林带，下边一条水带，左岸的秭归新城，白色的建筑层层叠叠，完全一派峡江风韵。秭归老城原来较低，已经淹没在了水底，整座县城后建于此。

最先映入眼帘的是屈原祠，早于唐代的屈原祠，因三峡工程进行了搬迁复建，现在屈原祠高耸于凤凰山上，仍保持原有的传统工艺与民间特色。一层层攀援而上，清一色的石木结构颇感端肃，青白与暗红的色调，突出了凛然氛围。

车子经过大坝，从保护坝上过来就到了秭归。秭归守着中国第一大河，该着是一位伟大诗人的故里。在秭归行走，有一种新奇，也有一种激动。街道两边的老屋，依然是石头、青砖、木头和瓦的艺术组合，越往深处，越能感受到那些人物走兽的雕刻反映出来的峡江历史。无论是楼堂馆所，还是店铺招牌，到处都有与屈原相关的符号。随便问一个人，都会感到他们作为屈原老家人的自豪，而且都能讲出屈原的故事甚至念出屈原的诗句。

浩浩日月，屈原"膺忠贞之质，体清洁之性，直如石砥，颜如丹青；进不隐其谋，退不顾其命，此诚绝世之行，俊彦之英也。"尤其他所留下的一首首诗篇，可称旷世珍品。屈原是中国浪漫主义文学的奠基人、《楚辞》的创立者和代表人物，苏轼对他也是感佩之至："吾文终其身企慕而不能及万一者，惟屈子一人耳。"多少年来，文人骚客无不以《离骚》为文学高峰，孜孜以学。鲁迅如此评价：较之于《诗》，则其言甚长，其思甚幻，其文甚丽，其旨甚明，凭心而言，不遵矩度……其影响于后来之文章，乃甚或在三百篇以上。《离骚》实可谓情思馥郁，气势奔放，以鲜明的个性光辉，表达了屈原的理想与痛苦，追寻与热情，熔铸了屈原的整个生命。

二

屈原不愿与世同流合污，将自身归隐于水。两千多年来，人们一直深深地怀念他。现在他就站在凤凰山顶，东望一江春水。楚人尚凤，不断见到凤鸟的图案，当地房屋建筑上，也都有凤凰雕塑。屈原气节高拔，品格超群，"驾八龙之婉婉兮，载云旗之委蛇。抑志而弭节兮，神高驰之邈邈"。让屈原祠高居凤凰山，也是众望。

这里的人说，屈原投江之后，江边洗衣的姐姐听到了水中有叫"子归，子归……"姐姐回去诉说，便有了划船投食以祭的行为。《屈氏宗谱》中说屈原的妻子邓夫人，每年五月初五这天，都要向汨罗江中抛投食物。屈原的墓冢，一处在汨罗，一处在秭归。

在迁移镜头中，我看到一幅船民扛着龙头的照片。那不是普通的船上装饰，是龙舟的标志。秭归人不舍古老的传统，他们将划了多少代的龙舟带到了新址。我在一座座祠堂，找到了那些祖辈相传的宝物，宝物上描金涂银，系着红布带子。

在秭归，龙舟显得十分重要。屈原祠前，人们怀念他们的先人，每年都举办划龙舟活动，鼓声与口号的每一声震响，都像是"子归，子归"的呼唤。"云旗猎猎翻青汉，雷鼓嘈嘈殷碧流。屈子冤魂终古在，楚乡遗俗至今留。"明代诗人边贡在《午日观竞渡》中描写的，便是赛龙舟的情景。

峡江人为了纪念屈原，留下了多种习俗，一位老者说，在五月初五，会在屈原庙设祭坛，拜祭屈原，并以竹筒贮米投水，呼唤屈子魂归。还有骚坛诗会，自明代起，就由读过私塾的自发组织，吟诵楚辞或诗词唱和。那个时候，家家都挂艾蒿菖蒲、扎香袋、吃粽子、喝雄黄酒。

我知道，隋唐一统后，端午节纪念屈原已经不限于荆楚地区，而成为全国性的节日风俗。"粽包分两髻，艾束着危冠。"是陆游描写的宋代江南端午的情景。端午节，不仅是一种纪念，还是一种寄托，一种呼唤，一种向往，一种信念，它使人驱灾辟邪，使人团结奋进，使人乐观向上。

端午节快到了，有人已经在准备苇叶，有人在采集艾草，有人给龙舟再刷一层桐油。能够想象到，端午那天，会有怎样的一种气氛，怎样的一种热闹。

三

站立凤凰山望那重重叠叠的云，重重叠叠的山，感觉这一片天地的浑厚与博大。到处是白色的山橘花，橘是秭归特产，屈原在这里亲植的橘园叫颂橘坡，人们不会忘记他为橘写下的不朽诗篇。还看到翠绿的竹，如丛丛张开的凤尾。一种像茶的植物，当地人管它叫巴茅草。如火的草，笔一般涂写着蓝天。

屈原是爱花草的，他善以美人香花喻君子，以恶木秽草讽小人。五月的秭归，漫山遍野展现各式各样的艳丽，江边上，竟然还有簇簇绽放的樱花。江水如此的亲近，如此的清澈，根本想不到这是一片一百多米深的高峡平湖。灿然的阳光里，各种花瓣在风中飘洒着，翻飞着，为秭归罩上了一层神秘的色调。

从屈原祠出来，竟然看到一群小学生，站在平台上，列队向这位神仙级的人物致意。这里的人说，经常会有一群群的人走来敬拜。

"屈平词赋悬日月，楚王台榭空山丘。"屈原的思想，屈原的纯粹，屈原的诗性，屈原的追求，无不为人所景仰。那些孩子身穿青色的服装，显得整齐又郑重。他们一同朗诵起了屈原的诗句，那诗句随着一群鸟跃上了凤凰山顶。

在山顶上，我似看到三峡的风流才子，仍然是"带长铗之陆离兮，冠切云之崔嵬，被明月兮佩宝璐"，怀着山河的信仰，在云间飞升。

遇 龙 河

一

　　阳朔的气魄一直很大，人说桂林山水甲天下，它说阳朔山水甲桂林。只因漓江美景多一半在阳朔地界。这也就理解了。近些年阳朔又出来一条遇龙河。似乎好东西总不一下子拿完。说我们阳朔有一江一河，你光知道一条漓江，却不知道一条河，不遗憾吗？

　　但凡在阳朔住下来的人，都没有这样的遗憾了，因为他们就住在遇龙河边上。那边上有富桥、遇龙、旧县、岜打，都是古村子，上百年的民居聚集在河边。那些形状各异的山加上一条清澈的水，在老辈人看来是好风水呢。外边的人对遇龙河相见恨晚。他们就笑，就腾出多余的房间，敞开门让你来住。住的不光是四面八方的中国人，还有五湖四海的外国人，加上那个情调迷人的老西街，阳朔真成世界的了。

二

　　整个早晨，遇龙河清澈而安静。我站立河边，与它融为一体。在大片的山谷中，雾气弥漫，像是为一条河罩上圣洁的婚纱，庆祝新一天的开始。感觉到处都是不安分的种子，到处都在滋芽，等待开花。河边的蜂箱，正把器嚷暂时封存。一只鸟儿乍然落下又飞起，像河中的精灵。几头水牛如神怪凸现，顺着河边逶迤而去。月儿尚挂在天上，峰尖泛红，太阳尚在预热。

熹微里出现一只筏子，筏子上没帆，却涨满了风，鼓荡得人激情澎湃。激情澎湃的还有歌声。那歌声很独立，在每个日子的开始或结束的时光，它都能穿越千山万水，而后委婉地回来，准确无误地把一种叫作情感的东西传递给那一个人。

顺流往下，是一片不按规矩生长的榕树，榕树完全地成了雾气的一部分。榕树间烘出一座老桥，雾气裹了桥面，却裹不住圆圆的桥洞，水上望去，就像细腻的肌肤戴着一副镯子。桥洞将竹筏上的人剪影出来，那是一位女子，大清早的却戴着斗笠。穿过桥洞的时候，歌声整个矬了一圈，而后矬进水里，陡然变得水汽迷蒙。

人们说，多少年前，电影《刘三姐》就是在这段水域拍摄的，这座遇龙桥，也是刘三姐对歌的桥。这桥好久了，还是在明代，这里的壮家人就建起了孔洞十分夸张的石桥，那是为了帆船的通过，还是显示壮家人的排场？上游不远，还有一座富里桥，六百年了，同样沉实地蹲在那里，望风看水。在这条遇龙河上，竟不知有多少座老桥。从桥上穿过，能到不远的桂林公路，而很久以前这里就是通往滇缅的要道。

晨阳已经露脸，它像是在焊接，想把那些云霞固定在山尖上，焊花一会儿一闪，溅落水中。

我知道，或许早晨就是遇龙河最好的时段，早晨它情绪饱满，神气活现。

三

　　遇龙河的背景就像漓江的背景，有时看着河，会看成一幅同样的漓江山水。

　　遇龙河来的地方竟然叫世外桃源，我听了一愣，感觉一片神秘又一片辉煌。而它去的地方是漓江，它极快地奔涌的目的就是为了与漓江汇合，然后涌动成更加美丽的锦缎。在那个宽阔的汇合处，《印象·刘三姐》每天都在激情上演，演绎出更加迷人的阳朔风情。站在那里回看遇龙河，一定会看出生命的灵动。

　　遇龙河的美质与它的声名毫不对称，它完全是一位养在深闺的角色。不是有人说么，若将漓江比作成熟的少妇，遇龙河就是尚未开化的少女。

　　它真就像少女一样没深浅，随意地跳荡，随意地舒展，岸边插遍鲜花翠竹，铺满草绿田园。这里的人说，你没有看春天，两岸整个都是花海。这个时节稻田已经结穗，芒果、黄皮果、百香果也已经成熟。

　　再看那些山，哪一座都可称为阳朔的标志性徽记。正是这样的山形聚汇，才让"甲天下"归不到别处去。对于遇龙河来说，那些山都成了自己的皇家仪仗。

　　河边的人多了起来，涮洗的，取水的，说话的。这河就像他们的亲人，一会儿不见就想。村女们穿素花的衣衫，同老人聚在河边看水。我注意到她们的眼睛，如河水泛着层层晶莹。那晶莹能浣你的陌生你的惊讶，让你一下子也晶莹起来。我奇怪，现在的年轻人都往外走，这里怎会有这么多的女孩留下来？一个女孩说，守着家租租房屋，使使筏子，卖卖水果，就可以顾住生活了，而且水是多么的好，还用出去吗？正说着，灰墙白瓦的门里出来一对笑着的外国夫妇，也来看水。

阳光完全地温暖了一条河流。蝴蝶在阳光里相互追逐。一群孩子不知什么时候上到一个个筏子上，叽叽咯咯地撩水嬉戏，水早已将身上打湿。一个女孩的发辫散开还在激战，她不时甩着长发，甩出一串莹亮和笑声。

　　水流匆匆不回。水车仍在岁月里幽幽作响。有着马头墙的老屋里，又一声婴儿的啼哭传出。还有一户人家，早早地在河边涮洗，门口贴着大红的囍字，他们在准备迎接新娘。

　　河是村子的元气，多少年，河水一直这么激情无限。所以说村子虽然老了，仍然血气方刚。

四

　　从天上看遇龙河，会看到一道弧线优美而透明的瓦蓝色玻璃。玻璃闪映着峰峦田园。有时还会看到碎玻璃样的效果，每一片细碎都印着日月星辰。

　　大概还记得，公元1637年，阳朔码头下来一位客人，这个人大家不陌生，他就是行侠徐霞客。不知道他从哪个方向来，但他一来就喜欢上了这里，并一口气写下八千字的手记。六天时间，他不停地踏访，面对惊现于眼前的水墨丹青，他激动地称之为"碧莲玉笋世界"。这个称谓，满含了美学与诗学意味。

　　我站在苍茫的河水之上，巨大的景象将我笼罩。我已经看不到早晨的筏子和唱歌的女子，她或许早就去远了。

颍水旁，黄城冈

真无法想象眼前的这条阴司沟就是两千多年前郑庄公"黄泉见母"的地道，沟自东向西，深十米，宽十米，长却有八十米，西端直通连到了水里。

草长莺飞，风走云散，原来的隧道塌成了现在的样子，不变的是田地，依然生长着快乐的庄稼。一个红衣小女在田地间跑着玩，狗倒是悠闲，这里走走那里转转，看到生人就猛叫两声。

农人见来了外人，紧说道，歇会吧。好像你进了家门。颍考叔在时，或也这么说。颍考叔当年也是这样快乐地生活，他在这里建了一座房子，边劳动边唱歌，歌子就叫《耕耘乐》，唱得老百姓都会了，就随着唱，于是颍水河畔，春天的田野充满了劳动的快乐。那快乐被人叫作"颍水春耕"。

可惜颍考叔早已不在，他的城还在，说是在，也就是一圈不高的土围子了，走到土围子跟前，还能看到版筑的痕迹，城上长满了酸枣树、蓬蓬草，老得不成样子。可是在两千多年前，这里却是颍考叔的管地，叫作颍谷。后来这里叫黄城，黄颜色的黄，不是皇帝的皇。颍考叔负责颍谷的一切，把百姓的生活料理得也好，空闲时，就和百姓一起劳作。颍考叔欢喜这样呢。

让颍考叔不快乐的事情还是有的，比如郑庄公和他母亲的事。郑庄公是个怪人，在母亲肚子里就不好好待着，生的时候倒着出来，把母亲差点疼死过去。所以母亲武姜给他起了个名字叫寤生。母亲后来又生了个儿子叫段，母亲喜欢段不大喜欢寤生，还一度想把他的王位继承权传给段。庄公即位后，武姜总是与段密谋。段发动了内乱，却不是哥哥的对手，被远远地打出了国门。对于武姜所为，庄公很是生气，气头上狠狠对母亲说："不到黄泉，就不要相见了。"把武姜赶到了颍考叔的封地。

　　善良的颍考叔很是不安，他觉得这是郑庄公一时生气做过了头。他想了好一阵子，终于上路了。到了郑国国都，也就是现在的新郑，庄公自然热情款待，因为颍考叔在郑国威望很高。可是庄公发现颍考叔偷偷往袖子里藏着吃食。庄公就问了："你这是干什么，难道怕在这里吃不饱吗？"颍考叔回答："我是家里还有个老母呀，这么好的东西，我想给她老人家带回点尝尝。"庄公脸上就挂不住了，怅叹着说自己也有老母，却不能相见。颍考叔装不明白，听了庄公的叙说就笑了，这有什么难的，不就是"黄泉相见"吗？在地下挖一个隧道通到黄泉的地方，不就可以见了吗？庄公高兴了，立即就找五百人在城西南开挖隧道。

　　西南是坤，是地，黄泉见母也就要在颍谷西南。地道一直挖到泉水处，而后在里边建了一间屋子，将武姜从洞这头送进去先等着，让庄公从那头迎过来。母子俩一见就抱头痛哭，而后便高兴地笑。那叫作："大隧之中，其乐也融融。"当地百姓至今还会说那句歌谣："大窟窿，小窟窿，窟窟窿窿到黄城。"大窟窿小窟窿就是从两边挖的隧道的洞口。

　　颍考叔做的这件事，可是让古人也感动得不行，"君子曰：颍考叔，纯孝也。爱其母，施及庄公"。认可颍考叔是一位真正的孝子。

　　看得久了，就觉得有哭音和欢笑从沟底传出，宣扬着一个千古佳话。

　　黄城里不再住人，城周围的老房子一座座也颓毁了，那些房子起码上百年了，新房子在它们周围建起来。可是要退回到颍考叔的年代，不知道要颓毁多少老房子。黄城里随便可以捡到以前的瓦片，那个时候人们已经会烧制砖瓦了。我捡起一片瓦，似乎在上面闻到了那个时代的气息。如果不是从现代的高速路上来，还真感觉是回到另一个时代了，田地是一样的，庄稼是一样的，收获的人是一样的，犁田的家什是一样的，趸来趸去的风是一样的。

　　远处还是箕山在南，嵩山在北，峻拔高耸而对峙，不远是颍河的源头。长着胡子的老辈人，还是说着颍考叔的故事。这故事好老好老了，听的人却总是那么认真。可惜颍考叔死得亏，勇健无比的颍考叔为了帮着郑庄公打下许国，硬是在选帅比武中摇起了大旗，直冲许国都城。副将子都也是一员猛将，能征善射，主帅让颍考叔争去就老大不满，这时见颍考叔先已登城，忌其有功，便在乱军中"嗖"地发一冷箭，颍考叔从城上掉了下来。

　　子都有着一副漂亮的外表，那是全郑国公认的美男子，女子们都以能一睹子都为快。《诗经·郑风》就有："山有扶苏，隰有荷华。不见子都，乃见狂且。"然而这美男子做的事一点都不美，其形象被后人编入了戏中，好一世腌臢。有一出昆曲的内容是，为赏公孙子都灭许之功，也为解颍考叔之妹颍姝丧兄之苦，郑庄公将颍考叔的妹妹赐嫁子都。新婚之夜，子都见颍姝光彩夺目，颍姝自然也喜欢这位英才，都觉得相见恨晚，情意深浓。但子都心里有鬼，于是上演了一出爱恨情仇。

　　郑庄公，还有那个武姜，多少年里都应该会对颍考叔心怀感激，所以该当厚葬这位贤士和功臣，但史料里我没有看到有关文字。

　　我来的时候，正值午后，四野静悄悄的，刚下过几天雨，地里蒸腾着浓浓的湿气，乡人拉农物的车子歪歪斜斜走在泥泞的土路上，将路面辗出深深的车辙，车辙里积了水，好几天也不干。倒是高兴了田里的鸟啊什么的，到这水里吃吃喝喝，还有蚯蚓，滚一身泥巴出来晒太阳。我的鞋子和裤脚已经沾上了泥点子，但妨碍不了那种兴致。

　　黄城应该立一块碑，不为颍考叔也要为这个故事，百善孝为先，中国历来是讲孝的。

　　回头再望那个塌得深深的隧道，黄草漫漫遮挡了阳光，野花开得到处都是。

　　似乎觉得时光并没有走动，走了的只是郑庄公和颍考叔。